고구마 백 개 먹은 기분

최은주 에세이

고구마
백 개
먹은
기분

작가의 말

9년 차 공황장애 경험을 토대로 이 글을 썼으며
지극히 주관적인 내용입니다.

앞으로의 삶도 행복하기를 바라며,
저는 지금도 공황장애와 살고 있습니다.

2023년 봄

최은주

목차

2장   그렇게 나는 조금 부족한 어른이 되었다

3장 공황장애 마주하기

4장 앞으로의 과제

프롤로그

서른 살에 찾아온 공황장애

2014년 공황장애 1년 차 30세—서울시 강동구 소재 개인병원 약 복용. 공황장애 진단받음.

2015년 공황장애 2년 차 31세—직장 다니며 꾸준히 공황장애 약 복용.

2016년 공황장애 3년 차 32세—예기 불안과 함께 공황발작 시작. 3년 8개월 다닌 직장 퇴사. 이직. 이직 후 2개월 못 채우고 퇴사. 서울시 송파구 소재 종합병원 4번 입원(개방, 폐쇄 병동).

2017년 공황장애 4년 차 33세—서울시 강남구 소재 종합병원. 공황장애 전문의가 있는 곳으로 병원 옮김.

2018년 공황장애 5년 차 34세—약에 잘 적응. 점진적인 노출 훈련 진행. 혼자 살기 시작.

2019년 공황장애 6년 차 35세—일일 4시간, 주 20시간, 계약직으로 11개월 직장 근무. 공황장애 약 감약 시도, 실패.

2020년 공황장애 7년 차 36세—공황장애 약 감약 시도, 성공. 119차량과 병원 응급실 간 적 없음. 코로나가 심심치 않게 등장하며 예기 불안 시작. 또 다른 일상에 적응하고자 노력함.

2021년 공황장애 8년 차 37세—119차량과 병원 응급실 간 적 없음. 자주 새로운 것들에 도전했고, 예기 불안과 공황은 찾아옴. 그래도 또 도전함.

2022년 공황장애 9년 차 38세—나로부터 시작하기, 무엇이든 또 도전하기(한 달 살기, 글쓰기, 자전거 타기 등).

"어… 왜 이러지."

한 직장에서 근무한 지 3년째 되었을까. 직장 복도에서 어지러움을 느끼고 앞이 뿌옇게 보였다. 숨이 가빠지고 똑바로 걷고 있다고 생각했지만, 왼쪽 어깨와 무릎이 무너지는 느낌을 받았다. 사무실로 들어가는 길에 비틀거리며 복도에 주저앉아 일어나지 못했다. 지나가던 직원들이 괜찮냐며 날 일으켜 세웠고 그 당시 컨디션이 좋지 않아서 일시적으로 벌어진 일이라고 여기며 넘어갔다. 시간이 갈수록 증세는 더 심해졌다. 몸의 왼쪽이 치우쳐 여기저기 부딪혀서 피멍이 들었고, 입꼬리까지 부들부들 떨렸다. 두통이 심해서 앉아 있을 수도 일어설 수도 없었다.

직장 내 상주하는 정형외과 의사에게 증세를 설명했다. 혹시라도 뇌에서 일으킨 문제라면 큰일이라고 의사는 내게 MRI를 찍어 보고 이것저것 검사를 받아 보라고 했다. MRI 검사를 받았고 다행히 뇌에는 아무 이상이 없었다. 그렇다면 나의 증세를 뭐라고 설명할 수 있을까. 그때 갔던 신경외과에서는 나에게 메니에르 증후군(Meniere's disease. 어지럼증, 청력 감소, 귀울림, 귀 먹먹함 등의 증상이 갑작스럽고 반복적으로 생기는 질병)이라고 했다. 이름도 낯선 병명을 듣고 그에 알맞게 약을 처방받았다. 그러나 상황이 나아지지 않았다. 이번엔 귀에 이상이 있는 것 아닌가, 이석증이라는 건가 싶어서 이비인후과를 내원했으나 또 그 병이 아니란다. 다른 신경외과에 가서 증세를 말하자 의사는 두통이 심한 편이라고 했다. 두통약을 지어 먹었지만 증상이 호전되지 않았고 극심해서 진통제를 맞았다. 근무 중 점심시간에 택시를 타고 신경외과에 갔고 진통제를 맞고 다시 오후 근무를 이어 갔다. 신경외과에서는 정신과를 추천했다. 정신과에 가서 증세를 말했다.

드디어 '공황장애'라는 병명을 확인했다. 그렇게 어렵게 병원 투어를 마치고 내 병을 찾게 되었다.

더불어 조울증

공황장애로 인한 신체화가 심해지며 자해를 몇 번한 적이 있다. 자해 시도로 인해서 병원 폐쇄 병동(일반적으로 보호 병동으로 불린다)에 두 차례 입원했다. 스스로 해치는 행동을 할 경우 개방 병동이 아니라 폐쇄 병동으로 입원해야 한다. 공황장애와 조울증으로 폐쇄 병동에 자발적 입원을 한 적도 있다. 개방 병동에 입원했을 때도 어떠한 상황을 벌이고 폐쇄 병동에 옮겨질 뻔했다. 폐쇄 병동으로 가지 않는 대신 간병인이 24시간 상주하며 나를 케어하게끔 했다. 그 밖에도 3주 정도 병원 생활을 유지한 적이 있다. 밖에 내려다보이는 한강이 슬퍼 보였고, 창가에 비친 내 모습이 우울해 보였다. 그때 한참 드라마 〈도깨비〉가 인기를 끌었다. 그 스토리에 날 투영시켜 슬픔이 한없었다. 필사했던 책에 내 마음을 꾹꾹 눌러 담았다. 너무 불행했다.

경기도에서 일하시는 아버지가 날 데리러 병원에 왔다. 내가 무슨 일을 벌일 것 같은 두려움에 아버지를 아무 데도 못 나가게 옥죄었다. 날 버리지 말아 달라고 울고불고했다. 1년, 2년이 지나서야 아버지가 날 버리지 않는다는 것을 깨닫고 아버지를 놓아드렸다. 문득 공황은 우울과 함께 찾아와 함께 살던 할머니가 마귀할멈으로 보이기도 하고, "그때 나 왜 때렸어?" 하며 20년도 더 된 얘기를 불쑥 꺼내며 울부짖기도 했다. 현재는 혼자 살아가고 있다. 아무도 없는 집에서 혼자 있는 시간에도 버틸 수 있는 시기가 되었다. 공황이 오면 구급차를 불러서 응급실에 갔고, 주변 지인들을 불러서 나의 케어를 맡겼다. 혼자 있어도 아무 일도 벌이지 않는 날들이 오기까지 참으로 긴 시간이 필요했다.

조증이 올라왔을 때는 세상 모든 것에 당당한 모습이었다. 무엇이든 해낼 수 있고, 어떤 고난이 와도 다 헤쳐 나갈 수 있을 것처럼 여겼다. 비록 공황이 와서 날 무너뜨리려고 해도 내가 지나 봐라 하는 마음으로 꿋꿋이 견뎌 왔다. 문제는 조울이 반복된다는 것. 한동안 울다가, 또 한동안 지나치게 웃다가 하는 날들이 반복되었고 공황과 함께 내 조울증은 꽃을 만개했다. 조울이란 이런 것이다 하며 제 이름값을 톡톡히 했다. 그리고 공황장애 4년 차 만에 병원 주치의가 말했다. 내게 해리성 장애(Dissociative disorder)도 있다고. 바야흐로 장애의 세계가 또 열리나니. 많이 호전되어 말해 주는 것이라고 했다. '내'가 '나'가 아닌 것 같은 기분. 그런 것들이 나를 해리성 장애로 이끌었나 보다. 이제는 공황이 와도 불안하기만 할 뿐 조울증세는 주치의 말로는 없어진 지 몇 년 되었다고 한다. 더 살아 보기를 잘했다.

1장

가볍게 말하자면,

전용차는 119, 제2의 방은 응급실

　제목만 보면 내가 119구급대원 또는 응급실 의료진이라도 된 줄 알겠다. 그분들 못지않게 공황발작이 한창 무르익을 시기에 응급실을 제집 드나들 듯했다. 집에 누군가 있으면 공황발작이 왔을 때 그 위기를 모면하는 데 도움이 될 것이다. 외출해도 보호해 줄 누군가가 있으면 수월할 것이다. 그러나 아무도 없는 상황에서 공황발작이 일어나고 신체화되어 몸까지 어찌할 바를 모르면 당연히 먼저 찾는 게 119구급차다.

　한번은 지하철을 타고 가다가 많은 사람이 승차하면서 숨이 가빠지기 시작했고 예기 불안이 찾아왔다. 그때 일단 지하철에서 내리거나 비상약을 먹었어야 했는데 주의를 기울이지 못하고 있다가 공황발작이 일어났다. 지하철에서 숨을 헐떡거리며 내렸고 몇 명의 승객들은 내가 걱정되어 따라서 내렸다. 나보다 주위 사람들이 더 놀라서 구급차를 불렀다. 어떤 시민은 인공호

흡을 하려고 기도 확보를 위해 나를 눕히고 고개를 꺾
듯이 뒤로 젖히는데 이런! 숨이 토해지지 않아서 더 애
를 먹었다. 쓰러지는 바람에 비상약 든 통이 바닥에 굴
러다녔다. 굴러다니는 알약을 집어 삼켰지만 이미 발
작이 심해진 다음이라 아무 소용이 없었다. 역무원들
도 CCTV를 봤는지 몇 명의 사람들이 나와서 나를 도와
줬다. 숨이 헐떡거리면서도 그분들에게 말했다.

　공황장애라고. 잠시 후면 괜찮아진다고. 결국 119구
급대원들이 왔고 베드에 실려 가는 동안에 사람들은
멀어져 갔다. 그 정신에 119대원들에게도 "감사합니
다."라고 얼마나 말했는지 모른다. 응급실에 실려 가선
소리 지르고 별짓 다 해서 주사를 맞았다. 내 경우 응급
실에 가면 처방받는 주사가 정해져 있다. 응급실을 자
주 찾았고 병원에 입원해 있을 때도 그 주사를 맞아야
진정되었다. (개인의 상황에 따라 주사를 처방하지 않
기도 하고, 다르게 처방하기도 한다.) 발작이 가라앉은
후 지인에게 연락해서 집까지는 그분 차를 타고 갔다.
새벽이 오는 하늘을 오랜만에 바라봤다.
　또 한번은 서울에 다니던 종합병원에서 공황장애 약

을 짓고 경기도 양평의 집으로 돌아오는 길이었다. 보호자 없이 택시를 타고 병원에 갔고, 다시 택시를 타고 경기도 양평으로 오면 되는 거였다. 병원 앞에서 택시를 타고 보니 오토가 아니라 수동 차였다. 수동으로 기어를 조작할 때마다 멀미가 났고 식은땀과 함께 택시 안에서 예기 불안이 왔다. 황급히 약을 먹었다. 그러나 공황이 발생한 이 공간을 탈출하지 않으면 공황발작은 더 심해질 터였다. 택시는 고속도로를 달리고 있어서 차를 세울 수 없었고, 그나마 보이는 주유소 앞에서 차를 세워 달라고 했다. 무심한 택시는 날 두고 가 버리고 나는 손과 발로 기어서 주유소 앞에 가서 살려 달라고 말했다. 공황장애가 있는데 잠시만 누울 데가 있는지 물었다. 주유소에 마침 여자 사장님이 계셨고, 소파에 누우라고 한 후 119에 신고를 해 주셨다.

소리는 얼마나 질러댔는지 목에서는 사람 소리가 아니라 쇳소리가 나고 무릎은 까져서 피가 그대로 굳어 있었다. 공황이 끝난 후 내 상태를 확인할 수 있었는데 화장한 마스카라가 번져서 판다 꼴이 되었다. 당시, 119에 실려 가면서도 잠깐의 의식으로 말했다. 정신과 의사가 있는 응급실로 데려가 달라고 말이다. 구급대원들은 전화를 몇 군데 돌렸고 종합병원 응급실로 갈 수 있었다. 그날은 부를 지인이 없었다. 응급실에서는 술 취한 사람이 고래고래 소리를 지르며 "의사 나오라고 해!" 등등의 소리를 친 것 같다. 나도 모르게 그 사람보다 더 큰 목소리로 "으아아아아아아아아아아아! 씨발 시끄러워 닥쳐!!" 하면서 신발을 집어 던졌다. 응급실 경호원들은 그 사람을 붙잡지 않고 오히려 나를 붙잡았다. 그러고 난 후엔 응급실 구석으로 가서 소리 지르며 귀를 틀어막았다. 간호사가 휠체어를 끌고 와서 나를 앉혔다. 그리고 응급실 중에서도 아주 조용한 1인실 어딘가로 들어갔다. 그곳에서 주사를 맞고 공황이 나아질 때까지 기다리다가 병실에서 잠이 들었다. 새벽 병원은 평온했고 약에 취해 새벽 6시까지 잤다. 간밤에 무슨 일이 있었냐는 듯이 아무렇지 않게 화장실에서 세수하고 나왔다. 병원비 수납을 하고 택시를 타고 경기도 양평으로 돌아왔다.

(서울에서 경기도 하남 방향으로 고속도로 빠지자마자 나오는 길에 있는 OO주유소 사장님, 감사합니다. 나중에 감사의 의미로 먹을 것을 사서 갔지만 사장님은 부재중이었다. 다른 직원 분에게 인사를 전하고 찐빵

과 만두를 전해 드렸다.)

공황장애 환자들 중 119구급차를 이용하는 이들이 많을 것이다. 내 주위 분들만 보아도 119구급대원의 도움을 받는 사람이 많다. 하지만 스스로에게도 주의를 주고 싶다. 예기 불안이 오면 본인이 다니는 병원에서 알려 준 대처 방법들을 잘 떠올려 보기를 바란다. 그 또한 쉽지가 않다. 호흡이 관건이다. 죽을 것 같고 숨이 안 쉬어지는데 어쩌란 말이냐! 하지만 한 번씩은 119의 도움 없이 이겨내 보기를 바란다. 한두 번 이겨내다 보면 분명 병원 응급실이 아니라 내 방에서, 119구급차가 아니라 타고 가던 택시나 지하철 안에서 해결할 수 있는 때가 반드시 온다. 힘들어도 해야 한다. 물론 공황이 어느 정도 컨트롤 가능할 때 해당하는 말이다.

공황장애 환자들을 대하는 의료진에게도 진지하게 말하고 싶다. 어차피 죽는 병 아니니까, 대수롭지 않게 생각하고 못마땅한 의료 태도를 보이는 분들이 있다. 그런 모습에 공황장애 환자들은 한 번 더 상처를 받는다. 그동안 가 보았던 병원 중에도 그런 태도를 보이다가 나중에 내 분통을 터뜨리게 한 의료진도 있었다. 조금은 환자의 심정을 공감할 수 있는 모습을 보여 줬으면 좋겠다. 119까지 불러서 응급실에 갈 정도면 나도 쉽지 않은 선택이었다는 것을. 그런 모습을 존중해 줬으면 좋겠다.

더위에 녹아내리는 아이스크림처럼

날궂이를 하는 사람들이 있다. 비, 눈, 태풍 등 날씨의 변화에 민감하여 하루나 이틀 전에 이상한 행동을 하는 일 또는 그런 일을 영락없이 하는 사람을 말한다. 비나 태풍이 오려고 하는 날씨와 더불어 온도와 건조함, 습도까지 포함하여 날궂이 하는 느낌이랄까. 공황에 의한 신체화 증상이 유독 살벌하게 오는 날이 있다.

2016년 7월, 직장에서 일하다가 공황발작과 조울증 증세가 심해져서 정신과 병동에 입원했다.

2017년 7월, 코엑스에서 열린 커피 박람회에 갔다가 지하철 타고 집으로 오는 길에 병원 응급실에 실려 갔다.

2018년 6월, 지하철을 타고 친구를 만나러 가다가 발작 직전까지 왔다.

2019년 8월, 직장에서 업무를 보던 중 힘들어서 계속

찬물을 마시고 선풍기를 끌어안고 일했다. 괜히 냉장고 문을 열었다 닫았다 하고 집에 오자마자 발작으로 119에 실려 갔다.

무수히 응급실에 갔고 공황발작이 찾아왔지만, 이 네 번의 공통점은 날씨의 영향이다. 날씨가 상당히 무더운 여름날, 공황이 찾아온 것이다. 날이 더울 때면 평소보다 발작이 오는 횟수가 증가했다. 물론 나라는 개인의 그래프 안에서의 빈도다. 봄은 아픈 나에게도 설렘을 가져다주고, 가을은 울긋불긋 오색 빛깔 찬란한 아름다움을 전해 줬다. 겨울은 겨울바람에 언 몸을 녹이기 위해 이불 속에 자주 파묻혀 있었다. 그러나 여름이 오는 것은 아름답지 않다. 더우면 더운 대로 몸이 견디지 못하고 아픔을 쏟아냈다. 장마철이 오면 덥고 습한 가운데 내 몸이 이질적으로 느껴졌다. 목욕탕이나 찜질방처럼 더운 곳에 오래 있는 기분, 그래서 여름이 오면 숨이 자주 찼다. 공황장애와 함께 지내 온 세월만큼 더위에 약한 나를 알게 되었고, 그에 알맞게 내 리듬을 조절한다. 오는 여름을 막을 수는 없지만, 오는 공황과 예기 불안은 조절할 수 있지 않을까.

냉방이 잘되어 있는 곳에 가면 공황은 잠잠했다. 도

시에 살며 일할 때는 건물마다 냉방기를 세게 틀어 놔서 얇은 외투를 챙겼는데, 시골로 이사 온 다음에는 바깥은 모두 양지. 그늘이 없다. 그래서 집이나 동네 카페에서 에어컨 바람을 쐬는 것 이외에 다른 곳은 더웠다. 동네 슈퍼만 가도 땀이 송골송골 맺혔고, 산책이라도 하려면 해 질 무렵이 되어서야 밖에 나갈 수 있었다. 나는 더위에 녹아내린다. 아이스크림이 녹아내리듯 내게 가벼이 공황이 녹아든다. 여름 더위를 견뎌내기 위한 나만의 방법은 늘 경험치를 쌓고 아이템 장착, 레벨업 중이다. 넥스트 더위~!

호흡, 놓치지 않을 거예요

공황장애로 병원에 입원했을 때 제일 중요시했던 것은 바이오피드백이라는 호흡법이다. 예기 불안이 올 때 흔히 나타나는 증세로 과호흡이 있다. 공황발작을 일으켜서 119구급차에 실려 갈 때도 구급대원 분들이 말해 준다. 지금 과호흡 중이니 숨을 돌리라고 말이다. 스스로 과호흡 중인 것을 인식하는 것! 그 또한 굉장히 중요하다.

집에서 발작할 때도 초반에 왜 이렇게 불안을 떨치지 못하는지, 예기 불안에서 끝날 일들이 발작으로 이어지지 않는 날이 과연 올까, 세상이 답답하기만 했다. 그러다가 의식적으로 호흡을 습관화하기 시작했다. 아침에 일어나 5분 정도 호흡, 피로할 때는 조금 길게 10분 정도 호흡, 잠들기 전 10분 정도 호흡 후 잠이 들었다. '아, 어제도 호흡 연습 도중에 잠들었구나, 오늘은 꼭 정해진 시간 호흡을 연습해야지' 그러나 또 잠이 든다.

공황이 오면 숨도 내 마음대로 못 쉰다. '호흡, 호흡해야지' 하면서 몇 번 바이오피드백 호흡법을 따라서 했다가 숨을 토해내듯 마구 들이쉬고 내쉬고 마음대로 난리 뽕짝이 된다. 없는 호흡법을 만들어낸다. 이럴 거면 왜 하나 싶어서 호흡은 둘째치고 다른 신체화 증상이나 불안이라도 없애자는 마음에 비상약을 찾거나 주변 사람들을 불러서 어떻게든 그가 해결해 주기를 바란다. 남들은 모르는 통증에 슬프고 힘들지만 어쩌겠나. 병이 이 모양인 걸. 호흡을 놓치지 말자. 호흡 하나 괜찮으면 예기 불안이 오거나 발작이 오는 순간 꽤 많은 과정이 생략되고 현실로 돌아올지도 모른다. 첫째도 호흡! 둘째도 호흡! 몇 번을 강조해도 넘치지 않는 과정, 호흡을 유지하자.

지진, 또 하나의 공황발작 요인

2016년 9월 12일, 대한민국 경상북도 경주시 남남서쪽 8km 지역에서 규모 5.1에 달하는 지진이 발생했다. 그 당시 머무는 곳이 경주와는 거리가 멀었으나 지진이 발생한 여파로 여진이 나에게까지 왔다. 집에서 그것을 느꼈고 머리를 땅에 붙이고 이불을 뒤집어쓰고 울었다. 재난 안전문자가 오는 소리만으로도 공포감이 컸다. TV에서는 경주에서 일어난 지진으로 인한 피해들을 보도했다. 나는 마치 그 진원지 한가운데 있던 사람인 양 실신할 듯 울어댔다. 비상약을 급하게 먹고 저녁 약도 복용했다. 불안함에 이불 속에 파묻혀 있다가 약 기운으로 인해 간신히 잠이 들었다.

다음 날 TV에서는 경주에서 지진이 일어났던 실시간 상황 CCTV들을 공개했다. 그걸 보자마자 지진으로 인해 비틀거리는 사람들과 세상이 오락가락하는 모습을 보며 울어댔다. 그러곤 한동안 TV를 가까이하지 않았다. 그리고 지진이 났을 때 어떻게 대처해야 하는지 행동 요령들을 인터넷으로 검색해서 내 현재 상황에 맞게 대피하는 상황을 마음속으로 그려 보았다. 절대 엘리베이터를 타지 말고, 넓은 공터로 가자! 지진이 일어날 상황에서는 가스레인지 밸브를 잠그고 아 참! 우리 집은 인덕션이지, 일단 지진이 일어나는 상황에서는 책상 밑으로 가서 숨어야겠다. 그 당시 옆집엔 할머니 혼자 살고 계셨다. 지진이 나면 옆집 할머니를 챙길 여력이 있을까, 지진 상황에서도 도리를 지키고 싶은 마음과 내가 그럴 정신이 있을까 하는 마음이 충돌했다. 지진이 일어났을 때 행동 요령을 숙지하고 나니 마음이 조금은 가벼워졌다.

며칠 후 여진이 왔고 그 당시 나는 낮잠을 자고 있었다. 아버지는 내가 염려되어 방문을 조심스레 열었고, 내가 자는 것을 보고 조용히 문을 닫았다고 한다. 나중에 낮잠을 충분히 자고 저녁밥도 잘 먹고 차를 마시던 중 아버지가 아까 여진을 느꼈다고 말했다. '아, 지나갔으니 다행이다.' 지진이 일어날 것이라는 지나친 생각을 하고 살면 나는 더 예민해질 것이다. 어느 정도 내 감정에 둔감해질 필요를 느꼈다.

다음 해인 2017년 11월, 포항에서 다시금 지진이 일어났다. 우리가 익히 아는, 수능을 하루 앞두고 수능 연기를 가져왔던 그 지진. 당시 손 떨리는 증세를 완화하고 집중력을 기르기 위해 퀼트를 배우고 있었다. 퀼트 공방에 네 명의 사람들이 있었고 동시다발적으로 '삐~~익' 하는 스마트폰 소리와 함께 포항에서 지진이 왔음을 알았다. 혹시나 또 여진이 오지 않을까 싶어서 공방 내 동선을 파악했다. 5분도 지나지 않아 우려하던 일은 벌어졌다. 여진이 온 것이다. 난 책상 밑으로 숨었다. 몸도 뚱뚱하고 매사 느릿느릿하던 내가 그 순간 얼마나 민첩했는지, 내가 생각해도 놀라울 정도다. 공방에 같이 있던 분들은 어떤 사람은 손으로 머리를 가리고, 또 어떤 이는 그냥 여진이 왔구나 하며 하던 일을 계속해 나갔다.

세상에나! 스스로 대처한 나의 모습에 뿌듯함이 밀려왔다. 비상약을 먹지 않고, 숨도 가빠지지 않고, 불안도 높아지지 않은 채 내 힘으로 상황을 극복한 것이다. 물론 혼자 있었으면 또 상황이 달라졌을지 몰라도 나는 그 상황에 최선을 다해 지진과 싸워 이겨낸 것이다.

아니, 나 스스로의 두려움과 공포를 이겨낸 것이다. 그날 아버지에게 전화해서 내가 지진을 이겨냈다고 말했다. 주변 친구들에게도 전화해서 지진을 이겨냈다고 칭찬해 달라고 했다. 병원 내원하는 날, 공황 주치의에게도 지진 상황에서 최선을 다해 공황을 극복했다고 말했다. 주치의는 칭찬을 아끼지 않았다. 미소도 보여주셨다. 지진을 극복했으니 그것 이외에 더 큰 불안도 견뎌낼 수 있으리라는 용기가 생겼다. 처음엔 지진이 공황발작의 요인이었지만, 지금 돌아보면 극복할 수 있는 기회였던 것 같다. 또 한 번 이겨냄에 스스로 감사하다.

월드컵이 너무해

촛불시위와 월드컵의 공통점이 뭘까? 첫째, 광화문으로 주로 모인다. 지역마다 집결지가 있지만 우리가 쉽게 떠올리는 곳은 광화문이다. 두 번째 공통점은 주제에 따른 아이템이 있다. 촛불시위는 그야말로 촛불, 월드컵은 응원 도구라는 공통점이 있다. 세 번째는 공통된 단결점이 있다는 것이다. 이를테면 탄핵이라는 주제, 월드컵이라는 주제 말이다. 마지막으로 사람들이 많이 모인다. 1차, 2차 회를 거듭할수록 집결 인원이 많아지고, 월드컵도 좋은 성적을 거둘수록 거리엔 응원하러 나온 사람들이 많아진다. 2002년 월드컵 당시 나는 고등학생이었다. 충주에 있는 공설운동장에서 거리 응원을 한 적이 있었는데 그때도 사람들이 많아서 숨쉬기가 곤란한 적이 있었다. 그때는 몰랐다. 내 안에 어떤 불안이 쌓여 가고 있는지.

사람이 많이 모인 곳에 가면 겁이 난다. 여의도 어느 장애인 단체에서 아르바이트를 한 적이 있다. 많은 인파에 놀랐고, 출퇴근 시간 신도림역에서 인파에 떠밀려 갈 수 있다는 사실을 알았다.

공황장애는 사람이 많은 장소에서 특히 발동이 자주 걸린다. 촛불시위와 월드컵의 공통점은 공황발작을 일으키기 쉬운 장소라는 것. 이런 곳에 공황장애를 가진 분들이 노출된다면? 나도 안다. 하나하나의 촛불이 모여 얼마나 큰 힘을 이루는지, 한 명 한 명의 응원이 모여 국가대표 축구팀에 얼마나 큰 힘이 되는지. 하지만 불구덩이 속으로 횃불 들고 뛰어들 필요는 없지 않은가, 뜻을 같이하고 싶지만 참아야 한다. 어차피 공황장애는 인생에서 잠시뿐, 삶은 길다. 이번이 아니면 다음에 힘을 모으면 된다. 아니면 다른 방식으로도 힘을 모을 방법은 많다. 사람 많은 곳에 가면 멀쩡하던 사람들도 당연히 어지러운데 우리는 얼마나 취약한 상태인가, 함께하고 싶은 마음은 아는데 우리는…… 조금 더 쉬자.

실천하는 힘이 나에게 있다면, 한마음으로 모을 수 있다면 지금 여기서 가능한 것을 하면 된다. 내 마음에도 촛불이 있고, 사람의 체온은 열띤 응원만큼 뜨겁다.

 2018 러시아 월드컵이 열렸다. 혼자 사는 집에서 한국 대 독일전 경기를 보다가 흥분을 멈추지 못하고 공황이 등장했다. 정말로 119에 연락해야 하는 것 아닌가 싶을 정도로 경련과 더불어 입이 한쪽으로 돌아가는 증세까지 왔다. 그러나 너무 허무했다. 거리 응원도 아니고 고작 집에서 응원하다가 119를 부른다면 나는 어떤 일도 혼자 감당하지 못할 거라고 생각했다. 후반전은 2:0으로 앞섰고, 우리는 마침내 독일을 이겼다. 그 함성에 나는 호흡에 집중하며 마음을 가라앉히려 애썼다. 비상약도 먹고 취침 전 약도 복용하고, 생각을 전환하고자 애썼다. 마침내 공황은 사라졌다. 사람이 많지 않은 곳에 있어도 월드컵으로 인해 흥분된 상태였던 나에게 공황은 이때다 싶어서 달려들었다. 물리쳐서 다행이다. 그리고 또 한 번 생각했다. 나에게 사람 많은 곳은 위험해! 월드컵은 더 위험해!!

멀미 한 번, 구역질 한 번

어렸을 때부터 고3 때까지 차멀미를 심하게 했다. 친구들은 제주도 수학여행을 갔지만 나는 멀미가 심해서 수학여행을 포기했다. 물론 당시 형편상 수학여행 경비가 부담되기도 했다. 이후 충남 아산에 있는 대학을 다니게 되면서 집에서부터 차로 2시간 거리를 이동해야 했다. 자취 생활을 했고, 가끔 고향에서 차를 타고 학교로 가도 별일이 없었다. 자연스레 차멀미가 줄어들었다. 멀미의 횟수가 줄어든 만큼 더 먼 거리로 이동도 가능해졌다.

공황장애가 시작되면서 많은 것에 멀미를 느꼈다. 우선 침대 생활을 할 수 없었다. 병원에 입원한 동안 썼던 침상 이외에 호텔이나 집에 있는 침대에서 잠이 들려 하면 멀미를 느끼고 구역질을 했다. 그리고 멀미를 하면 어김없이 구역질과 구토 증상이 동반되었다.

공황장애로 병원에 입원해 있는 동안 걷지 못했을

때가 있다. 얼마나 불안이 크면 걷지 못할 수가 있을까 싶지만 정말로 그런 날이 왔다. 2주 정도 휠체어를 타고 다녔다. 병문안을 오면 방문객들이 휠체어를 밀어 주는데, 방문객마다 보폭이 다르고 속도가 다르다 보니 휠체어만 타면 멀미를 했다. 차라리 병문안을 오지 않기를 바란 적도 있었다.

병문안 온 사람들이 병원을 떠나고 나면 혼자 화장실에 가서 끊임없이 구역질을 하고 변기를 베개 삼아 자리 잡고 누워 있곤 했다. 그러곤 결국 혼자 일어나지 못해 비상벨을 눌러 간호사를 호출했다. 살집이 있어서 늘 두 명 이상의 간호사가 와서 나를 실어 날랐다. 볼일 보러 화장실에 갈 때마다 거듭 죄송하다고 말했다. 개인 간병인을 두게 된 후엔 화장실에서 볼일을 보고 변기 물을 내리면 간병인이 문을 열어서 휠체어를 받치고 문 앞에서 기다려 주었다. 나는 간병인의 양어깨에 손을 올리고, 간병인 분은 내 환자복 아랫도리를 위로 쭉 끌어 올려서 바지가 엉덩이를 먹을 만큼 치켜든 후에 휠체어에 옮길 수 있었다.

휠체어 멀미만큼 힘들었던 게 엘리베이터 멀미다. 누가 병문안을 오면 차 한 잔이라도 마시기 위해 14층에서 1층 카페까지 가야 하는데, 엘리베이터를 타는 동안 멀미를 심하게 했다. 휠체어 멀미하지, 엘리베이터 멀미하지, 결국 주치의는 병문안을 일주일 금지했다. 일주일 동안 사람들을 오지 않게 한다는 게 서운한 일이지만 그 덕분에 멀미하는 횟수가 줄어들고 컨디션이 조금은 돌아올 수 있었다. 2주 정도 후 휠체어가 아니라 워커를 이용해서 걸을 정도로 불안도 잠잠해질 수 있었다. 결국 공황장애는 사람 때문에 오는 것인가, 라는 생각이 들 정도로 일주일 면회 금지는 내게 크나큰 도움이 되었다.

　구역질은 한동안 계속되었다. 하루에 한 번 주치의가 나를 보러 올 때마다 매번 토한다고 말했다. 그런데 의료진은 구역질한다는 내 말을 무시하기 시작했다.
　"선생님, 저 오늘은 세 번 토했어요."
　"오늘 컨디션은 어땠어요?"
　이런 식으로 내가 구역질했다는 말은 무시하고 주치의는 다른 얘기로 화제를 전환했다. 마음의 문제였을까? 구역질하는 횟수가 줄어들었다. 퇴원하고 집에서도 몇 번씩 토했다. 그러나 나 또한 구역질하는 내 행동을 무시하기로 했다. '아, 뭔가 음식이 입에 안 맞았나 보다. 너무 과하게 먹었나 보다. 오늘은 신경이 예민했나 보다.' 거기까지만 생각하고 더 관심을 두지 않고 하루를 살았다. 그러다 보니 자연스럽게 구역질하는 증세가 없어졌다. 무관심이 약이 되었다.

몸이 제 컨디션으로 돌아오면서 멀미하는 횟수도 줄어들었다. 물론 이제 더는 휠체어를 탈 일도 없고 평상시 침대가 아니라 바닥에서 이불을 펴고 지낸다. 집이 5층이라 엘리베이터가 있는데도 겁내지 않으려고 노력한다. 매일매일 훈련 중이다. 이런 것도 단점이라고 할 수 있으려나, 구역질도 안 하고 입맛이 좋아져서 풍성했던 내 살집은 조금 더 풍만해졌다. 하하.

아이의 등장, 공황발작 적신호

지하철을 타기 전 준비 사항, 스마트폰에 좋아하는 음악을 한가득 받아 둔다. 이어폰을 상시 준비하고 음악을 들으며 지하철 내 잡음에 반응하지 않게끔 노력한다. 호흡에 신경 쓴다. 사람이 많은 곳에 노출된 상황에서 호흡을 그르치면 모든 게 틀어져 버린다. 지하철 타기 전에 불안하면 비상약을 먼저 먹는다. 정신을 바짝 차린다. 공황에 '쫄지' 않도록 스스로 마음을 다스린다. 그런데 준비를 아무리 잘해도 어린이들이 등장하면 한 방에 무너지고 만다.

어느 날 나는 지하철에서 아주 얌전히 자리를 잡고 앉아 있었다. 바로 옆에 엄마와 아이가 같이 탔다. 내 옆에 아이가 앉은 것이다. 바깥 풍경이 뭐가 그리 신기한지 신발도 벗지 않고 자리에 올라가 바깥을 보며 쿵쿵거리며 뛰었다. 본인 자리가 엄연히 있는데도 나의 옷깃을 스치며 본인의 영역을 넓혔다. 엄마에게 무엇을

조르며 시끄러운 소리를 냈다. 10분 후 어떻게 되었을
까.

이어폰을 집어 던지고, 내 눈동자는 돌아가고, 과호
흡이 극에 차올라 지하철 문이 열리기만을 바라며 바
닥에 주저앉았다. 사람들의 따가운 시선을 한 몸에 받
으며 현란하게 전철에서 퇴장. 어린이들의 행동은 종
잡을 수 없다. 변수가 너무 많다. 그래서 아이가 나타나
면 저절로 긴장한다. 음식점에서도 같은 일이 벌어진
다. 음식이 나오기 전까지 그곳을 종횡무진 뛰어다니
는 아이들이 있다. 물컵을 쏟고 사물 하나하나에 관심
을 보이며 만져 보려고 하고 못 만지게 하면 울음을 터
뜨린다. 음식을 다 먹고 나면 또 얼마나 부모님들을 재
촉하는지 그 소리에 자극받는다. 그래서 난 음식점에
가면 아이들이 있는지 없는지부터 확인한다. 아이들의
행동반경이 잘 보이고 내 사정거리에 들어오지 않을
정도에 자리를 확보한다. 그리고 조금씩 불안하게 몸
이 반응하려고 하면 비상약을 먹고 호흡을 유지한다.

지금은 아이들에 대해서 예민하게 반응하는 태도를
많이 떨쳐냈다. 먼저 가까운 친구들이 결혼해서 아이
를 낳았다. 그 아이들이 귀엽고, 성장하는 모습을 보면

나 또한 기쁘다. 그 애들은 나를 해치지 않을 거야, 그런 믿음을 전제하고 말이다. 카페에서도 아이를 만나면 그 아이가 내가 앉은 의자나 테이블을 치지 않는 한 불안은 감소한다. '나는 당신에게 관심이 없어요, 해칠 생각이 없어요.'라고 아이가 내게 메시지를 보낸 것 같다. '고마워, 얘들아. 그동안 내가 너희들에게 오해가 많았다. 제발 지하철 안에서도 내가 겁쟁이가 되지 않도록 도와줘.'

TV에서 보는 아이들, 영상 속 아이들, 차를 타고 지나갈 때 언뜻 보이는 아이들, 모두 괜찮다. 나랑 안 부딪히니까. 부디 나와 마주치는 아이들도 겁내지 않는 날이 오기를. 조금씩 내가 덜 불안해하기를 바란다.

비린내 안녕~

20대 초반, 처음 부산을 갔을 때 해운대역에 내려 바다 내음 속 짠 내를 맡았다. 코끝이 시큼하고 눈가가 매웠다. 충북 충주 육지에서 자라나 그때 처음 짠 냄새, 바다 냄새, 그리고 비린 냄새를 제대로 경험했다. 코가 적응할 때까지 머리가 아파 혼쭐난 기억이 난다.

공황장애가 생긴 후 후각은 평상시보다 10배 정도 예민해졌다.

어릴 적부터 비가 추적추적 내리는 날씨를 좋아했다. 비가 오면 약속이 없어도 우산을 쓰고 밖으로 나갔다. 빗속에서 걷는 것을 좋아했다. 그런데 그런 비에도 비린내가 존재한다는 걸 처음 깨달았다. 예전엔 비가 내리면 빗소리를 듣기 위해 창문을 열었지만, 한동안 비 비린내가 맡기 싫어서 열린 창문을 닫았다. 아버지는 비 오는 소리를 들으며 다도 즐기는 것을 좋아하시는데 그 옆에다 대고 구역질을 엄청 해댔다. 장마철이라도 되면 아예 바깥출입을 꺼렸다. 온종일 에어컨이며 선풍기를 끌어안고 살았고, 실외기를 통해 비 비린내가 전해져 오는 것을 느끼곤 이불 속으로 숨어 들어갔다. 예민 덩어리가 되었다.

홍어삼합을 이따금 먹었다. 그런데 공황장애가 생긴 후 삭힌 홍어는 근처 가게만 지나가도 구역질이 났다. 이렇게 구역질 나는 음식을 그동안 내가 어떻게 먹었을까 싶기도 했고, 그 음식을 먹는 아버지 앞에서 밥맛 떨어지게 얼마나 구역질을 했나 모른다. 아버진 홍어를 대놓고 드시지 못하고 냄새가 덜한 홍어무침을 드셨다. 여러 가지 채소와 초고추장으로 버무려져 웬만하면 비린내가 가실 법도 한데 어디선가 꼬리꼬리한 냄새가 집 안 가득 풍겨 나왔다. 결국 나 때문에 아버지도 홍어에 대한 입맛을 잃었다.

굴, 멍게, 해삼도 내게 기피 음식이다. '날것'이라는 글씨만 봐도 비린내가 났다. 조개도 날것으로 먹지 못하고 구워 먹는 것만 간신히 먹고, 삶은 것도 국물 가득 비린내가 풍겨 나오는 것 같았다. 생선이라고 다를 바 없었다. 비린 것 못 먹는 딸내미를 위해 아버지가 구이라도 해 주려고 물 좋은 조기라도 사 오시면 그것을 담아 온 비닐봉지에도 비린내가 나고 줄에 엮인 기분 나쁜 비린내도 났다. 생선 손질은 전혀 하지 못했다. 공황장애 초기에는 그래도 영양가 있는 것을 먹어야 한다며 아버지가 만들어 온 생선구이를 먹는 시늉이라도 했지만 그러한 노력도 점점 지쳐 갔다. 조림 요리도 간혹 해 주시다가 나중에는 날 위한 요리를 하지 않고 아버지 본인이 드시기 위해 요리하셨다. 거기다 대고 비린내 난다고 구역질 안 해대는 게 어딘가.

비린내 나는 음식을 먹지 못해서 입가에 가져가지 않으면 살이라도 빠질 줄 알았는데 내 입맛은 육식으로 대체됐다. 더 많은 구이용 고기를 좋아했고, 삶고, 볶고, 끓여 먹는 모든 요리의 고기를 사랑했다. 살은 살대로 무르익었다.

이쯤 되면 파트리크 쥐스킨트의 『향수』가 떠오를 만큼 소름 돋기는 한데…, 내가 느끼기론 사람마다 고유의 향이 있다. 더운 날, 사람 많은 곳에 가면 풍기는 냄새에 구역질이 났다. 그렇다고 내가 청결하거나 결점이 없는 사람은 아니다. 내 냄새에도 구역질이 났으니

말이다.

강아지한테도 냄새가 났다. 한번은 강아지를 키우는 분의 차를 얻어 탄 적이 있다. 타자마자 강아지 냄새에 차창을 열고 연신 구역질을 해댔고, 결국 그분도 기분 나쁜 표정을 지었다. 정말로 죄송했다. 강아지는 귀엽고 사랑스러운데 만지고 싶지 않았다. 그 비린내가 내게 옮겨 올 것만 같은 기분⋯ 지금 이런 글을 쓰고 있는 내 모습에서도 비린내가 나는 것 같아 절망스럽다.

요즘에는 비린내에 대한 예민함이 덜한 편이다. 그도 그럴 것이 생선구이를 먹기 시작했고 강아지가 있는 집에 놀러 가는 것을 좋아하고, 강아지 발바닥에서 나는 꼬순내도 좋다. 그리고 비와 빗소리, 장마철이 두렵지 않다. 바닷가 여행도 좋아한다. 파도 치는 풍경, 바닷가에 있는 사람들이 즐거워하는 모습도 좋다. 바다가 선사하는 시원함, 그곳의 풍경들을 사랑한다.

사람마다 별난 모습 몇 개씩 가지고 있을 것이다. 나 또한 나만의 별난 모습이라고 생각하며 지금은 차분하게 생각한다. 언젠가 나아지겠지. 비처럼 바다처럼.

다리가 세 개지요

 공황장애 관련 병원을 세 번 옮겼다. 공황 1, 2년 차 직장 근처 개인병원, 3년 차 서울시 송파구 소재 종합병원, 4년 차부터 지금까지 서울시 강남구 소재 종합병원에 다니고 있다. 강남구에 소재한 병원으로 옮기면서 약에 적응기를 맞이했다. 남들이 보면 병원 옮기고 약을 바꾸면서 약 부작용으로 인해 온몸이 떨리는 증상이 나타났다고 볼 수 있지만, 나는 약에 대한 적응기가 필요하다고 본다. 확연히 지금 다니는 병원 주치의의 약 처방은 달랐다. 이 시기가 지나면 반드시 내 공황은 지금보다 좋아질 거라고 믿었다. 그렇게 버텼다. 약의 적응기에는 이런 증상들이 나타난다.

 일단 온몸이 떨린다. 손 떨림, 눈 떨림, 다리 떨림…. 온몸에 떨림 증상이 나타난다. 글씨를 쓸 수도 읽을 수도 없다. 눈물이 났다. 더 좋아지려고 약을 먹는 건데 이렇게 형편없어질 수 있을까, 정신과 약을 먹으면 결국엔 이런 부작용들이 나타나는 걸까, 자신을 나락으로 떨어뜨렸다. 그러나 의심하지 않으려고 스스로를 붙잡 았다. 손이 떨려서 밥숟가락을 제대로 집어 올리지 못 하고 떨어뜨리면서도 "아버지 이것 보세요. 숟가락도 제대로 못 들어요." 하면서 우스갯소리 하듯 넘어가려 고 애썼다. 냉장고 문을 열 힘도 없었다. 힘을 주면 줄수 록 더 크고 세게 떨렸다.

걸을 수가 없었다. 의료기기 파는 곳에서 보행 보조 용 지팡이를 샀다. 내 나이에 지팡이 쓰는 걸 다른 사람 들이 딱하게 볼까 봐 하와이안 컬러의 화려한 색감이 쓰인 지팡이를 사려고 했다. 평범한 갈색 지팡이보다 2~3만 원 더 비쌌다. 그립감도 좋았지만 결국 얼마 쓰지 않고 난 좋아질 테니까 저렴한 가격의 평범한 지팡이 를 샀다. 아버지가 높낮이를 조절해 주셨고, 나만의 스 타일을 만들기 위해 스티커를 붙였다. 그렇게 3개월, 지 팡이는 내 다리가 되어 주었다.

한 손에는 지팡이를, 한 손에는 아버지의 부축을 받 고 다녔다. 떨림 증세가 심했지만 주치의에게 화내지 않았다. 더 잘되려고 병원을 옮긴 거니까, 지팡이를 짚 고 병원을 내원해도 웃으며 주치의를 대했다. 내가 지

팡이를 짚고 진료실에 들어가자 주치의는 웃음을 터
뜨렸다. '그래⋯ 심각한 일이 아니야.' 그렇게 생각하며
지팡이를 열심히 들고 다녔다.

　평형감각이 다 무너지는 기분이 들었다. 역류성 식
도염을 치료하기 위해 내과를 내원하고 약국에 간 적
있다. 약사는 나를 보고 어떻게 젊은 나이에 지팡이를
짚고 다니냐고 딱하다고 '쯧쯧' 하는 소리를 내었다. 공
황장애가 있는데 약 적응하느라고 그런다고 말했다.
지금은 이러고 다니지만 조만간 내 두 발로 걸어서 이
약국을 다시 찾아오리라 마음먹었다.

　우유 150ml짜리 네 팩을 사서 봉투에 담아 한 손에는
지팡이를 짚고, 한 손에는 봉투를 들고 집에 가고 있었
다. 나름대로 중심을 잡으려고 후들후들하면서도 한
걸음 한 걸음 내디뎠다. 어디서 나타났는지 119구급대
원 분(집에서 도보 2분 거리에 소방서가 있다)이 "도와
드릴까요?" 하며 내 어깨를 건드렸다. 곧장 "으아아아
아아아아아악" 소리와 함께 중심이 무너져 옆으로 넘
어졌다. "괜찮아요."라고 말하며 한참 넘어진 그대로
있었다. 다시 중심을 잡고 일어나는 게 쉽지 않았다. 누

가 도와주는 것도 자존심 상했다. 그때 만난 구급대원 분께 심심한 사과를 드린다. (혼자 해내고 싶었어요.)

그렇게 다리 세 개로 다닐 때가 겨울이라 빙판길도 위험 요소 중 하나였다. 지팡이는 미끄러울 수 있어서 어떻게 다닐까 고민하다가 아버지의 등산용 스틱을 가지고 다녔다. 눈길이 미끄러운 날은 등산용 스틱, 백화점 같은 곳을 가거나 눈이 없는 길은 지팡이를 짚고 다녔다. 그렇다. 난 지팡이를 짚고 복합쇼핑몰도 가고, 카페도 갔다. 복합쇼핑몰은 사람이 많아서 누가 곁에서 날 스치지도 않았는데 혼자 겁먹고 중심을 잃어 자주 엎어졌다. 괜히 죄 없는 사람들이 "괜찮으세요?"라고 물었다. (그대들은 죄가 없습니다. 내 병이 문제지요.)

그렇게 2017년 1월 말 병원을 옮긴 후 약을 바꾸고 2월, 3월, 4월 내 다리는 세 개가 되어 종횡무진 움직이고 다녔다. 그리고 약의 적응기를 지나 손 떨림, 눈 떨림, 다리 떨림도 사라지고 어느덧 내 튼튼한 두 다리로 걸을 수 있게 되었다. 겁먹지 않기를 잘했다. 나 잘되라고 약 지어 준 게 맞았어.

듣보잡 공황 퇴치 요법!

처음 공황장애 진단을 받고 정신과 약을 먹어야 한다는 것에 두려움이 컸다. 그렇지 않아도 조울이 1년에 몇 개월 걸러 한 번씩 왔다가 2~3주 정도 머물고 갔다. 그럴 때마다 정신과 약을 먹고 있었는데 그마저도 겁이 나서 증상이 좀 사라졌다 싶으면 약을 내 마음대로 끊기를 반복했다. 그런데 공황장애로 인해서 정신과 약을 먹어야 한다는 것에 겁이 났다. 소문이라도 이상하게 나지 않을까 무서웠다. 인터넷으로 공황장애 완치, 치료 요법을 막무가내로 검색했다. 어디 캠프에 가면 2주 만에 치료된다는 설도 있었고 신앙의 힘으로 치료가 된다는 설도 있었다. 한약, 침술, 알약, 명상 요법 등 다양한 방법이 있었다. 다들 공황장애가 처음인지라 어떤 것이 옳고 그르다는 글은 올라오지 않았다. 점점 다양한 정보에 끌리게 되었다. 물론 신앙이나 한약, 침술이 도움이 안 된다는 것은 아니다. 나처럼 인터넷

정보만 믿고 치료 시기를 놓칠 게 아니라 공황장애 전
문가, 의사를 빨리 찾아가라고 말하고 싶다.

한의원으로도 눈을 돌렸다. 침을 맞고 약을 지어 먹
으면 공황장애가 낫는다는 말에 나쁜 피도 빼고, 침도
맞고, 약도 지어 먹었다. 결국엔 다시 정신의학과를 찾
았다. 그곳은 개인병원이고 정신과였지만 병원 이름에
그것이 명확하게 쓰여 있지 않았다. 약을 지어 줄 때 겉
봉투에 정신과라는 말이 없었고 그 사실에 마음이 놓
였다.

상처가 생기면 연고를 바르고 두통이 오면 두통약
을 먹으면 된다. 공황장애는 뚜렷하게 어떤 방법을 써
야 하는지 답이 나오지 않았다. 공황장애 연관 검색어
에는 우리가 흔히 아는 연예인 이름만 거론될 뿐 어떤
치료법이 좋다는 말은 나와 있지 않았다. 왜 나는 공황
초기에 약을 썼음에도 낫지 않고, 지금 9년 차 공황장애
환자가 되었을까. 병명을 확인한 시기와 병이 시작된
시기는 또 다를 수 있기에 무엇이 이르고, 무엇이 늦다
고 말하기도 불분명한 상황이 힘들었다. 결국엔 시간
이 치료해 주는 것인가, 아직도 무지몽매한 나 자신이

약물 치료를 받고 여러 가지 치료를 받았지만, 어쩌면 받지 않은 치료법들이 옳은 게 아니었을까 하는 의문을 품는다.

치료 시기가 중요하다. 물론 스스로가 공황장애라는 것, 정신과 약을 먹어야 한다는 것에 충격을 받기도 하지만 얼른 일어서야 한다. 공황장애는 위가 안 좋아서 생기는 병이다, 장이 안 좋아서 생기는 병이다, 귀족병이다, 배부르고 등 따숩게 지내서 생기는 병이다…… 그런 얘기를 들으며 밤잠 설치고 울어댔다. 별별 얘기를 듣고는 무엇을 먹어야 좋다며 갖가지 채소, 듣지도 보지도 못한 것들을 나 자신에게 먹였다. 그러면서 왜 공황장애가 낫지 않을까, 나에게 의문을 던졌다. 나보고 어쩌라고. 안 낫는 걸.

듣지도 보지도 못한 것을 먹고 힘들어하지 말고 인정받은 기관과 의사를 찾아가자. 조금만 흔들리자. 나는 많이 흔들렸다.

나는 지금 주치의에게 꽤 만족한다. 나머지는 내 역할과 마음가짐인 것 같다. 물론 지금 주치의도 못 믿겠다고 생각한 순간이 있었다. 의심이 든 적도 있지만, 주치의는 내가 당신을 의심하고 있다는 것조차 꿰뚫고 있었다. 전문가가 맞다.

일?! 도전?!

공황 1, 2년 차에는 직장을 다니며 약을 먹었다. 3년 차 발작이 시작되고 병원에 입원할 정도로 상황이 심각해졌고 4, 5년 차에는 일을 하지 않고 집에서 병원을 내원하며 약을 먹었다. 사회에서 말하는 백수가 되었다. 처음에는 직장에 나가지 않는다는 사실이 기뻤다. 아파서 못 다니는 거였지만 이참에 쉰다고 생각하니 무턱대고 좋았다.

시간이 얼마 되지 않아 늘 자고 일어나 생산이 아니라 소비적인 삶을 사는 게 미안해졌다. 가족에게도 미안하고 노후에 대한 불안감이 생겼다. 공황 4년 차가 되니 발작도 없어졌고, 하루를 규칙적으로 살았다. 몸의 기운도 넘쳤다. 그런 내 모습을 지켜보는 아버지도 이제 직장을 가져도 되리라 판단했다. 주치의도 직장을 가지려고 노력한다는 내 말에 좋은 생각이라고 했다.

집과 거리가 가깝고 전공인 사회복지를 살릴 수 있

는 곳으로 직장을 알아봤다. ○○복지관에서 정규직 직원 채용 공고를 보고 도전! 서류 1차 합격! 2차 대면 면접이 시작되었다. 나 한 명을 두고 4명의 면접관이 있었다. 왜 일하는 데 공백기가 생겼냐고 물어 왔고, 공황장애가 왔고 치료받느라 시간이 필요했다고 말했다. 그리고 완치됐다고 했다. 거짓말이 아니라 나도 완치된 줄 알았다. 그러나 방금 전까지만 해도 호기심 어린 눈빛으로 나를 바라보던 면접관들이 공황장애가 있다는 내 말에 시선을 주지 않았다. '공황장애가 왜 발생한 것이냐' '직장 생활을 하다가 스트레스를 받으면 공황발작이 올 수 있는 것 아니냐?'며 나를 추궁했다. 웃으며 지금은 다 나았다고 말했지만, 공황장애로 일을 쉬었다고 말을 꺼낸 순간부터 그들은 나를 외면했다. 너무 큰 상처를 받았다. 면접 중 관장이라는 분이 자리를 일어서며 말했다. '공황이라는 거 차라리 말하지 말지 그랬냐'고. 그 말에 무너져 내렸다. 면접 자리를 떠나면서 목놓아 울었다. 공황장애가 무슨 죄라고 떨어뜨려! 다 나았다니까! 사람을 뭐로 보고.

한 달쯤 지났을까. 집에서 한 시간 정도 소요되는 ○○

복지관에서 정규직 직원 채용 공고가 났다. 이번에는 공황장애를 절대 공개하지 않기로 마음먹었다. 서류 심사는 늘 자신 있었다. 내 글발과 스펙을 믿었다. 1차 서류 심사 합격, 2차 대면 면접이 진행되었다. 면접관은 3명, 면접 인원은 5명이었다. 자신감에 차올랐고 내친 김에 준비했던 각오를 내 이름 3행시로 지어서 선보였다. 화기애애한 분위기로 면접을 마쳤다. 며칠 후 최종 면접 합격!

복지관이 있는 동네가 시골이라 차량 운전은 필수라고 했다. 장롱 면허라서 운전 연습을 위해 학원에 다녔다. 집에서 출퇴근하려면 대중교통을 이용해서는 1시간 30분, 차량을 운전하면 30분 안에 갈 수 있어서 중고차도 알아보고 계약금을 지불했다. 보험회사에 가서 자동차보험도 알아보고 중고차 차량 번호만 기입하면 계약이 완료되는 일만 남았다. 근무지에서 이틀 정도 업무 인수인계를 받기로 했다. 오후 1시부터 6시까지, 이틀간 업무 인수인계를 받았다. 컨디션이 괜찮았다. 업무도 재미있고 직장 내 분위기도 좋았다. 공황도 나았겠다 새롭게 제2의 인생을 살 수 있을 것 같았다.

정식으로 출근하는 날, 아침에 일어나 밥을 먹고 화장하고, 옷을 입고 갈 채비를 했다. 마음이 조금 버거웠다. 중고차를 사기 전까지 아버지가 출퇴근을 시켜 주기로 했다. 차를 타고 직장 앞에 도착했는데 예기 불안이 왔다. 설마 설마⋯ 비상약을 먹었다. 출근 시간이 조금 남아서 차 안에서 20분 정도 잠을 청했다. 아버지와 '파이팅'을 하고 복지관 안으로 들어갔다. 그렇게 오전 9시부터 오후 6시까지 8시간의 근무를 마치고 퇴근! 별일 없이 지낸 하루를 만족해하며 나도 할 수 있겠다는 믿음이 생겼다. 문제는 다음 날 터졌다. 아침에 일어나는데 몸이 너무 힘들었다. 아침밥을 먹다가 숨 가쁨을 느꼈고 고개를 뒤로 젖히며 넘어가고 말았다. 예기 불안 후 발작이 왔고 나는 눈물을 흘렸다. 아버지는 발작이 그치고 나면 그때 출근해도 시간이 얼추 맞을 거라고 했다. 그러나 출근할 만한 컨디션이 되지 않았다. 너무 아프고, 불안하고, 무섭고, 숨이 가빴다. 심장 쪽을 주먹으로 치며 끊임없이 목놓아 울었다. 아버지도 결국 포기했다. 안 되겠다며 직장에 전화해 사실대로 말하라고 했다. 담당자에게 전화해서 사실은 공황장애가 있는데 너무 힘들어서 직장 생활을 할 수 없을 것 같다고 말했다. 미리 밝히지 못해 죄송하다고도 전했다. 그분은 침착한 목소리로 일주일 정도 시간을 줄 테니 나아지는 정도를 보고 다시 연락하자고 했다. 조금 더 푹 쉬라고 했다. 다시 한 번 기회를 주신 것 같아 정말 감사했다.

그래서 다시 출근했냐고? 하루에 두세 번씩 예기 불안과 공황발작이 오고, 1일 치 먹어야 할 비상약 정량을 초과해서 먹었다. 경과는 나아지지 않았고, 일주일 후 그분께 전화했다.

"기회를 주셔서 감사하지만, 제가 도저히 나아지지 않습니다."

정말 감사했다.

이제는 차도 필요 없게 되어 계약금을 날렸다. 아버지도 내심 기대했는데 실망감이 컸나 보다. 죄송스럽기도 했지만 난 그때 인생 두 번째 우울의 늪에 빠졌다. 공황장애와 조울증이 함께 찾아와서 폐쇄 병동에 입원했던 일 이후, 나는 할 수 있는 게 아무것도 없는 사람임을 재차 확신했다. 다시 시작할 수 있을 것 같았는데 모든 걸 무너뜨려 버린 나 자신에게 화가 솟구쳤다.

주치의에게 직장과 관련된 일들을 얘기했다. 사실은 일이 그렇게 될 줄 알았다는 말이 돌아왔다.

"왜 직장 갖는 걸 말리지 않으셨어요?"

"좋아지는 것 같아서 한 번쯤 시도해 보는 것도 나쁘지 않다고 봤어요, 아직은 일러요."

그 말이 위로가 되었다. 나는 아직 공황장애의 수순을 밟고 있는 것뿐 잘못된 게 아니구나. 그리고 주치의가 말했다. 짧은 시간 일하되 매일 출근할 수 있는 일을 찾아보면 좋겠다고 말이다. 무리가 되지 않는 선에서. 그 후로 주 5일, 하루 8시간, 주 40시간의 업무는 나와 맞지 않는다는 것을 알았다. 꾸준히 할 수 있는, 근무 시간이 조금 짧은 업무를 찾아보기로 했다. 2017년 늦가을의 일이다.

현재 거주하는 곳은 작은 마을이라 일자리를 찾기 어렵다. 그래서 직장을 구하지 못하는 것도 있지만 아직도 자신 없는 것 또 하나. 대중교통을 이용해서 일을 다니는 것 자체가 두려웠다. 그 후로 여러 차례 비슷한 일, 조금씩은 나와 합의하며 직장을 알아보고, 또 예기 불안, 그리고 다시 제자리. 조금씩 내 마음을 놓았다. 그렇게 1년이 흘렀고, 난 또다시 할 수 있겠다는 마음이 가득 찼다. 일을 하고 싶었다. 사회생활이 그리웠다.

2019년 1월. 하루 4시간, 주 5일 근무, 중고등 방과 후 관련 센터에서 일하게 되었다. 면접을 볼 때 공황장애가 있음을 알렸고, 공황장애를 안고 일하게 되었다. 별일이 없던 것은 아니고 공황이 '까꿍' 하고 오는 날도 있었다. 센터 사람들은 다행히 나를 이해하고 받아들여 주었다. 풀꽃이라는 이름처럼, 그 안에서 행복했다. 부족한 대로 동지가 되어 일했고, 약속한 계약 기간을 마칠 수 있었다.

2020년 1월, 또다시 백수가 되었다. 그리고 또 다른 도전 과제가 생겼다. 직장을 다니면서 버는 돈보다 병원비가 더 든다면 직장을 다니는 게 맞는 것일까? 새롭게 시작된 공황장애와의 삶에서 '일'과 '사람'은 안고, 직장이라는 틀을 깨자. 밖으로 나오자. 그렇게 눈길을 돌렸다.

2022년 1월, 출퇴근이 없는 삶. 재미난 '일'을 하고, 그것이 돈이 되면 신기해한다. 이 재미난 '일'에 더는 공황장애는 장애가 아니다. 물론 그것을 알려 주는 대상

또한 '사람'이다. 그렇게 또다시 도전!

불안불안한 책장

책장 리스트

1. 『굿바이 공황장애』 (최주연, 시그마북스, 2017)

2. 『불안』 (알랭 드 보통, 은행나무, 2011)

3. 『이 도시에 불안하지 않은 사람은 없다』 (한기연, 팜파스, 2017)

4. 『내 안의 불안감 길들이기』 (존 실림패리스·데일리디애나 슈워츠, 유아이북스, 2016)

5. 『공황과 불안의 극복』 (참새, 부크크, 2017)

6. 『아무것도 할 수 있는(우울에 관한 이야기)』 (김현경, 웜그레이앤블루, 2017)

7. 『죽고 싶지만 떡볶이는 먹고 싶어1』 (백세희, 흔, 2018)

8. 『죽고 싶지만 떡볶이는 먹고 싶어2』 (백세희, 흔, 2019)

9. 『나는 당신이 살았으면 좋겠습니다』 (안경희, 새움, 2018)

10. 『죽지 않고 살아내줘서 고마워』 (가난한 선비, 문득, 2018)

11. 『내가 아무것도 아닐까봐―도시 생활자의 마음 공황』 (박상아, 파우제, 2018)

12. 『넌 생생한 거짓말이야 : 나의 공황장애 분투기』 (오재형, 이상북스, 2019)

13. 『어느 날 갑자기 공황이 찾아왔다』 (클라우스 베른하르트, 흐름출판, 2019)

얼마나 불안하고 우울하면 그것을 극복하기 위해 발버둥 쳤는지 책장에 꽂힌 책 제목만 봐도 알 수 있다. 그런데 막상 구입하고 보니 웬걸, 책장만 들여다봐도 불안하다. 그리고 나 자신이 안쓰러웠다. 그렇게도 내가 찾고 싶었던 것, 듣고자 하는 말을 들은 걸까, 책 말고도 공황이나 조울중 관련 영화도 많이 보았다. 그러나 내게는 모두 먼 나라 일들이었다. 외국 작가가 쓴 공황장애 책은 문화적으로 볼 때 적용하기 어렵고, 공감되지 않는 경우도 있었다.

책을 보고 있으면 위인전을 보는 기분이었다. 그래서 그들은 대단한 위인이 되었고, 나에게는 그렇게 되기를 바란다고 말한다. 하지만 어렵다. 히어로 영화를 보며 자랐고, 그 캐릭터에 마음이 설렜다. 지금은 불안과 공황장애를 극복하고 TV에 나온 연예인의 팬이 되어 버렸다. 그분들이 나에게 위인이자 히어로였다. 그만큼 대단해 보이는데 책이라고 다를까.

비슷한 책들을 많이 사서 읽다 보니 책마다 똑같은 얘기다. 불안과 공황장애 관련된 내용이라면 서점에서 여러 권을 둘러본 후 구매는 한두 권 정도만 하길 바란다. 지금 내가 쓰고 있는 글처럼 극복기를 담은 이야기라면 사서 읽어 두는 것도 좋을 것이다. 또는 도서관에서 대여하는 방법도 있다. 하지만 결국 공황장애를 낫게 하려면 치료를 받아야 한다는 게 결론이다.

조울증이나 불안, 공황장애를 앓는 사람이 어떠한 노력을 했는지는 유튜브나 SNS를 통해서도 접할 수 있다. 함께 용기를 얻고 일어설 수 있는 계기가 되기를 바란다.

결국 불안불안한 책장을 만들었지만, 이 정도로 읽고 또 읽으면 무언가 찾을 수 있을 거라는 간절함과 극복하고 싶은 의지는 진심이었다. 다만, 불안과 공황장애 관련 책들을 읽으며 다른 이의 신체화 증상을 본인이 닮는 우려스러운 일을 조심하기를 바란다. 또한 반복되는 이야기들에 실망하지 않기를 바란다. 정말 중요한 대목이니까 다들 같은 말을 하는 것일 수도 있다.

사람 풍경, 자연 풍경

직장에서 점심을 먹고 화장실에 가 양치질을 한다. 매번 화장실 창문을 바라보며 양치질을 하면 바깥 풍경은 건물 또 건물, 자동차, 사람 풍경이었다. 서울 자취방에서도 창밖을 내다보면 건물 또 건물, 자동차, 사람이었다. 지금은 창밖을 바라보면 나무, 새의 지저귐, 쏟아지는 햇빛, 산등성이가 보인다.

지금은 집 밖으로 나서면 모든 풍경이 초록이다. 한참 아플 때 눈에 들어오지 않던 것들이 이제야 눈에 보이기 시작했다. 자연을 보며 감사함을 느꼈다. 하루하루 부지런히도 해는 뜨고 지고, 달은 뜨고 지고… 그 과정 자체가 아름다웠다.

잠이 오지 않은 어느 여름날, 밤을 꼬박 새우고 새벽에 산책을 나섰다. 연꽃 향이 그윽하게 나고 일출이 보기 아름다웠다. 이토록 아름답게 뜨는 해를 지금까지 보지 못했다는 것이 더 놀라웠다. 뜨는 해를 보며 눈물을 흘렸다. 자연이 선사하는 아름다움에 다시금 감사했다.

지금도 여전히 사람 가득한 도시에 살았더라면 초록을 느낄 수 있었을까. 어쩌면 난 스트레스의 원인이 되는 곳에서 도피해 나왔는지도 모른다. 남들이 보기엔 그럴 수도 있겠다. 아무려면 어떤가. 이제야 숨을 쉴 수 있겠는걸. 사람이 주지 못한 것을 자연이 줬다. 그 기분을 설명하지 못하겠는데 5년 넘게 자연 품에 살아 보니까 느껴지더라. 자연이 주는 힘을 믿어 보자.

제 점수는요

병원에서는 수치화된 표현을 자주 쓴다. "1점은 전혀 아프지 않다이고, 10점이 제일 아픈 점수라고 할 때 지금 당신의 아픔은 숫자 몇 정도 되나요?" 이렇게 묻곤 한다. 공황발작이 올 때 이렇게 물어보면 8.5점이라고 말했다. 말한 점수대로 간호사가 주사를 준비하고, 주치의에게 연락한 후 병실에서 내 베드만 빼서 아무도 없는 조용한 병실로 옮겼다. 개방 병동 6인실에서 지낼 때 일이다. 정신과 병동은 아무래도 한 사람에게 공황발작이 시작되면 다른 환자에게도 영향을 미칠 수 있기 때문에 일단 그곳에서 분리한다. 병실에 나처럼 공황장애를 가진 사람이 있었는데, 멀쩡하다가도 그이한테 공황발작이 오면 나도 따라 발작이 일어나는 경우가 있었다. 그래서 공황이 오면 일단 분리한다.

하루에 한 번, 주치의가 오면 그날의 컨디션을 점수

로 물어보았다.

"제 점수는요, 5점."

어중간한 점수로 표현했다. 정말로 어중간하게 아팠다. 가장 컨디션이 좋았던 날은 2점, 컨디션이 좋지 않고 발작을 일으킨 날은 8.5점. 그런 식이었다.

간호사가 진행하는 인지행동치료를 몇 주 동안 받은 적이 있다. 인생에서 가장 행복했을 때를 1점에서 10점으로 표현해 보라고 했다. 이때는 점수가 높을수록 행복하다는 뜻이다. 인지행동치료를 받으며 가장 행복했을 때 점수를 8.5점으로 매겼다. 아직 내 생애 가장 좋은 날은 오지 않았다고 생각했기 때문에 10점은 남겨 뒀다. 행복했을 때 점수를 이야기하고 그때의 감정을 글이나 몸짓으로 표현해 보는 작업이 이루어졌다.

다음에는 가장 힘든 일 세 가지를 적어 보라고 했다. 정신과 상담을 받다 보면 그야말로 내가 말하는 게 내 증상이다. 그래서 의료진들은 환자와 많은 이야기를 하고 그것을 표현해내기를 원한다. 가장 힘들었던 일 세 가지를 적는 데 그리 오래 걸리지 않았다. 공황과 우울함이 그중 하나였다. 보통 풍선에 힘든 일 세 가지를 적고 터트리는 작업을 하지만 내 경우엔 풍선 터지는 소리에도 놀란다. 그래서 칠판에 글로 적고 그것을 지우는 작업으로 대체했다. 인지행동치료의 마지막 시간이 지나고 이렇게 말했다.

"선생님, 저에게 오늘 기분이 어땠는지 점수로 물어봐 주세요."

"네, 오늘 작업을 하고 나서 기분이 어땠나요?"

"네, 제 점수는요, 10점 만점에, 10점이요."

내 인생의 최고 점수를 그때 말했다. 모든 불안과 우울한 상황이 날아가는 기분을 받았다. 이런 경험을 자주 해 보기를 바란다. 긍정적인 피드백을 주고받다 보면 여기가 병원이라는 사실도 잊고 콧노래 부르며 행복해하는 시간을 가질 수 있을 것이다. 내 경험은 그렇다. 물론 현실을 직면해야 하니까 아프기도 하다. 그치만 아픈 만큼 행복해지기도 하고 마음이 정화되기도 하더라.

마지막으로, 공황을 극복하기 위해 살고 있는 지금의 내 삶을 10점 만점으로 표현한다면?

"제 점수는요, (60초 후에) 8.5점입니다."

나는 거침없이 내 삶을 아름답다고 말할 수 있다. 공황발작이 오면 점수가 낮아지기는 하지만 말이다. 그리고 10점인 삶은 내 생애 꼭 한 번이 아니라, 많아도 좋은 것. 좋으면 좋은 것이라고 생각하며 내 삶에 점수를 아끼지 않는다.

샤워는 10분 이내

샤워 도중 공황발작이 오면? 벌거벗은 몸으로 가족들에게 먼저 도움을 청해야 하는 걸까? 혼자살이를 시작한 지금 몸만 간신히 수건으로 걸치고 119차량을 불러야 하는 건가? 이웃에게 도와달라고 소리를 쳐야 하는 걸까?

공황장애가 오기 전에도 찜질방이나 목욕탕 가는 것을 좋아하지는 않았다. 더운 열기를 잘 참지 못했고 뜨거운 증기가 나오는 곳을 기피했다. 남들은 개운하다고 땀을 뻘뻘 흘리고 나오는데 따라 해 보려다가 지쳐서 문을 열고 기어 나온 적도 있다. 공황장애 1, 2년 차에 목욕탕은 한 달에 한 번 정도 갔다. 온탕엔 들어가지 못하고 미지근한 물로 때를 간신히 불려서 밀고 나왔다.

공황장애로 병원에 입원했을 때 폐쇄 병동이나 개방 병동 모두 샤워실은 공용이었다. 누군가 들어가 샤워를 시작하면 문 앞에 사용 중이라고 빨간 불이 들어왔다. 그 불이 꺼지고 샤워실 문이 열리면 아무도 없는 것을 확인하고 샤워하러 간다. 샤워 용품과 수건, 새 환자복을 받아 들고 샤워를 하러 들어간다. 공황으로 인해서 걷지 못했을 때는 휠체어를 밀고 들어가거나, 워커를 이용해서 들어가고, 안에서 문을 걸어 잠그고 바닥에 주저앉아 샤워를 했다. 어느 정도 걸을 수 있을 때 샤워를 하러 들어가던 어느 날, 순간 휘청하며 중심을 잡지 못했다. 숨이 가빠지고 내 시선은 세면대에 있다가 바닥으로 곧장 내리꽂혔다. 간신히 옷을 추슬러 입고 샤워실을 기어 나와 도와달라고 했고, 그 장면을 목격한 간호사가 병실로 데려갔다. 그다음부터 샤워하는데 더 애를 먹었다. 샤워실에서 번지는 온기를 견디지 못하고 습해서 숨을 쉬기 힘들었다.

원래 내 샤워 습관은 세월아 네월아, 시간 따위 신경 쓰지 않고 한다. 혼자 자취한 생활이 길다 보니 누가 화장실 쓸 일이 없어서 샤워하러 들어가면 내가 원하는 시간만큼 쓰고 나왔다. 그러나 더는 샤워를 오래 할 수 없었다. 공황장애와 샤워가 또 무슨 관련이 있겠느냐

마는 공황이 왔다. 한두 번도 아니고 여러 차례 왔다. 또, 샤워를 마치고 욕실을 나와도 몸에 열기가 식지 않고 떨림이 지속되어 공황발작이 왔다.

샤워를 하고자 하면 공황이 오기 때문에 생활 습관 몇 가지를 바꿀 필요가 있었다. 샤워는 10분 이내! 매번 아침에 하던 샤워를 저녁에 하는 것으로 바꿨다. 아침에 샤워를 하다가 발작이 오면 하루가 통째로 힘들어져 작은 변화를 준 것이다. 그리고 헤어드라이어는 온기가 없도록, 시원한 바람으로 머리를 말린다. 샤워를 마치면 물을 한두 잔 마시고 선풍기나 에어컨의 찬 바람을 맞았다. 샤워하고 나서 몇십 분 동안은 특별한 행동을 취하지 않고 정적인 상태를 유지했다. 몇 가지 변화를 통해 샤워하는 동안, 그리고 샤워 후 찾아오는 예기 불안과 공황발작은 멈출 수 있었다.

지금도 찜질방이나 목욕탕을 가지 못한다. 어차피 공황이 시작되기 전에도 힘들어했던 것이니까 일부러 찾아갈 필요는 없다. 다만 한 가지 아쉬운 것은, 우리 할머니 연세가 여든여섯인데 모시고 온천이나 목욕탕에 가지 못한다는 것, 할머니 등을 밀어 드리지 못한다는 것. 그게 조금 아쉽다.

커피를 끊으라고요? 술을 끊으라고요?

한때 카페인 중독이 의심될 만큼 커피를 많이 마셨다. 고3 때 하루에 캔커피 기준 네 캔, 그리고 홍차나 녹차를 마셨다. 카페인을 여러 종류로 섭취했다. 직장 다닐 때엔 하루 석 잔 정도 커피를 마셨다. 직장에서는 나보다 커피를 더 많이 마시는 사람들도 있어서 내가 마시는 양을 문제 삼을 만큼은 아니라고 여겼다. 공황장애 1,2년 차에 늘 그렇듯이 하루 석 잔 정도 커피를 마셨다. 3년 차 공황발작 증세가 시작되면서는 커피를 마시면 몸에 부담이 왔다. 처음으로 내 몸이 커피를 거부했다. 커피를 마시면 가슴의 쿵쾅거림이 유독 빨라지고 숨이 가빠짐을 느꼈다. 그러나 입맛은 계속 당겼다.

주치의도 커피를 끊으라고 했다. 커피를 도저히 끊지 못하겠다고 말했다. 다만 마시는 양을 줄이겠다고 했다. 주치의에게 하루에 한 잔 정도 커피를 허락받았다. 주치의는 커피 마시다가 예기 불안이 계속 오면 결국엔 커피를 끊어야 한다고 여지를 남겼다. 나도 알겠다고 말했다. 그 후로 3년째 하루에 커피 한 잔을 마시고 있다. 어쩌다가 커피를 두 잔 마시게 되면 카페라테나 카페모카처럼 우유가 첨가된 걸 마셨다. 또는 커피 맛이 잘 느껴지지 않을 정도로 물을 많이 탄 아메리카노를 마셨다. 늘 커피를 달고 살아서 몰랐지만 마시지 않은 날에는 확연한 변화가 일어났다. 몇 번 멍해지다가 또 가끔은 정신이 똑바로 차려지기 시작했다. 주위에 공황장애로 인해 커피를 끊은 사람을 여럿 봤다. 그분들은 공황장애가 있으면서도 커피를 마실 수 있는 나를 부러워한다. 나도 커피를 허락해 준 내 몸에 감사하다.

술은 소맥을 좋아한다. 직장 다닐 때 소주와 맥주의 황금비율을 맞춰서 마시면 적당히 취하고, 좋은 기분이 오래 유지되었다. 공황장애 1, 2년 차에는 약을 먹으면서 술은 술대로 마셨다. 공황 3년 차가 되고 나니 술을 마시면 예기 불안이 오기 시작했다. 불안이 왔다고 자각하지 못한 상태에서 상황이 심각해져 집에 택시를 타고 들어오거나, 누가 데려다줘야만 귀가할 수 있었다. 아스팔트가 튀어나와 입을 맞추려 했다. 전봇대가 시비를 걸었고 행사장 앞 에어풍선은 헤어지기 힘든 연인처럼 놓아주지 않았다. 내가 술을 마시는 게 아니라 술이 나를 마시고 있었다.

한두 번은 컨디션이 안 좋아서 술이 안 받는가 보다 느꼈지만 어느 순간 스스로 술자리를 피했다. 그러다 어떤 날은 술을 마셔도 예기 불안이 오지 않아서 다행이라고 여긴 적이 있었다. 결국 집에 오면 두통이 찾아들고, 바닥에 머리를 대고 한참 있어야 했다. 버티기 힘들었다. 주치의에게 술 마시면 오는 증상들을 말했다.

"선생님 술을 끊어야 하나요?"

"술을 끊는 게 좋지 않을까요?"

주치의는 부드럽게 말했지만 내 의지로 술을 끊기를 바라는 것으로 들렸다.

술을 멀리하고 공황장애 4년 차 어느 날 오후, 날이 더워서 시원한 캔맥주 생각이 났다. 한동안 공황도 오지 않았고, 캔맥주 하나 마신다고 뭔 일이 생기겠어, 스스로 합리화하고 한 캔을 단숨에 들이켰다. 마시고 나니 기분이 좋아서 동네를 뛰어다녔다. 기분 좋게 집으로 돌아와 잠을 청하려는데 그때부터 불안이 올라오고 발작이 시작되었다. 술을 마신 속에다 병원 약을 밀어넣고 비상약까지 먹었다. 술과 약을 같이 먹으면 나쁘다고 하는데, 이미 어쩔 수 없지 않은가. 그날 119차량을 부르지는 않았지만 충분히 힘든 밤을 보냈다. 그리고 며칠 동안 두통과 몸살… 내내 누워서 함께 지냈다.

그리고 결심했다, 절대 술 안 마실 거야. 자발적으로 술을 끊었다. 하지만 생각한다. 언젠가는 곱창에 소맥 한잔 말아서 시원하게 벌컥벌컥 들이켜는 상상을 해본다. 난 나을 거니까. 나아야 할 이유가 또 하나 생겼다.

무관심이 약입니다요

#1. 뱃멀미를 심하게 하는 편이다. 제주도에 갔다가 우도 주위를 한 바퀴 도는 배를 탄 적이 있다. 그런데 배를 타고 난 후 온 멀미 때문에 이틀 동안 여행을 멈추고 숙소에서 고생했다. 공황장애 전에는 통영에서 욕지도까지 가는 배를 탔을 때도 괜찮았으나, 공황이 온 이후로는 배에 탈 생각을 전혀 하지 않았다. 어느 날 아버지와 바닷가 여행 중이었다. 밥을 먹고 잠깐 차 안에서 잠이 들었다. 잠이 깼는데 맙소사! 차가 이미 배에 실려 있고, 배는 섬으로 들어가는 중이었다. 나는 차로 여행하고 있는 것인가, 배로 여행하고 있는 것인가 헷갈리는 순간 공황이 오지 않고 있음을 느꼈다. 내 일생에 배는 영영 탈 수 없다고 생각했는데 내 뱃멀미에 대한 아버지의 무관심이 배를 탈 수 있게 도와주었다. 석모도, 실미도를 그렇게 여행했고, 그 덕분에 자동차에 실려 배로 여행하는 일은 겁내지 않게 되었다.

#2. 하루는 집에서 저녁을 먹던 중 예기 불안이 왔다. 먹는 도중에 불안이 오면 갈피를 잡을 수가 없다. 남은 밥을 다 먹어야 하는지, 그만 숟가락을 내려놓고 불안에 대처해야 하는 건지, 아버지와 식사를 하다가 숟가락을 내려놓고 방으로 가서 누운 채 공황과 맞서 싸웠다. 10분 정도 공황과 싸우다가 결국 승리하고 다시 주방으로 갔다. 아버지는 천천히 식사하시는 중이었다. 아버지가 너무 미웠다.

"아버지, 나 공황 왔는데 왜 안 도와주셨어요?"

"네가 혼자 버틸 수 있을 것 같아서."

"아……."

너무 의지하려고 했던 나 자신에게 경고를 한 번 주었다. 혼자 이길 수도 있는데 너무 의지하려고 들지 말자. 어쩌다 가끔 도와주지 않는 아버지를 보며 나와 내 병에 지쳐서 포기해 버렸다고 생각한 적도 있다. 나를 위한 기다림을 포기로 지레 단정 짓고 힘들어하지 말기를.

#3. 공황발작이 와서 응급실에 실려 갔다. 처음 몇 번은 응급실에 가게 되면 친구, 아버지, 주변 지인들이 걱

정해서 한걸음에 달려와 주었다. 한두 번이 아니라 이제 수십 차례 응급실에 갔다. 그때마다 친구, 아버지, 지인들에게 연락해서 또 응급실에 실려 갔다고 말했다. 그렇게 여기저기 말하고 나서야 위로받는 기분을 느낀 걸까. 어느 날인가부터 처음 응급실에 실려 갔을 때보다 다들 관심이 덜하다는 느낌을 받았다. 그리고 다시 생각했다. '내가 유난이다.' 나 자신도 응급실 가는 일에 대해 무관심하기로 해 놓고. 그 후부터는 사람들에게 미주알고주알 얘기하지 않았다.

무관심이 약이라는 것을 느낀다. 주위 분들이 경험을 통해 더 잘 안다. 그것이 무시가 아니라 내가 나아지기 위해 노력하는 무관심이라면 나도 받아들이기로 했다. 무관심했을 때 내게 도움이 되는 부분은 확실히 있었다. 나조차도 자신의 병에 대해서 조금 덜 예민해질 때 공황이란 녀석도 재미없다고 느꼈는지 자주 찾아오지 않았다. 다행이다.

매복된 사랑니는 아픔을 싣고

공황장애 6년 차, 1일 4시간, 주 20시간 근무를 하던 때에 생전 처음 느끼는 통증에 신경이 곤두섰다. 왼쪽 치아와 그 부위 피부와 신경이 모두 곤두서서 짧은 시간 내에 극심한 통증을 느꼈다. 직장 동료들이 치과에 가 보라고 했고, 스케일링과 정기 검진 말고 처음으로 내 발로 치과에 가게 되었다. 모든 원인은 사랑니라고 했다. 왼쪽 위아래 사랑니가 매복되어 있고 신경과 가까워서 동네 치과가 아니라 큰 병원에 가야 한다고 했다. 대형 병원에서 진료 일자를 잡고, 진료일에 가서 상태를 확인 후 발치 날짜를 받았다. 주변에서 위이잉 하는 소리에 온몸에 소름이 돋았다. 그때 갑자기 떠올랐다. 치과에서 공황장애가 시작되었다는 어떤 사람의 얘기. 아니, 잠시만… 또다시 불안이 올라온다. 그 불안한 생각들이 나를 좀먹기 전에 사랑니 발치를 서둘러야겠다고 마음먹었다.

며칠 후 비상약, 귀마개, 생수, 이어폰 등등 나만의 공황 키트들을 챙겨 병원으로 향했다. 발치를 시작하기 전, 입안을 마취하는 주사를 맞자마자 바로 온몸에 경련이 시작되었다. 경련이 멈추고 마취 약이 어느 정도 퍼질 때쯤 귀마개를 끼고 발치를 시작했다. 왼쪽 위아래 사랑니는 순식간에 사라졌고, 입에 거즈를 물고 주의사항을 듣고 집으로 돌아왔다. 거즈를 물고 있어서 소리 내어 부르짖을 수는 없었지만 '으아아아아아' 하면서 속으로 곡소리를 냈다. 그럼에도 시간이 흐르면서 상처는 아물고 통증은 사라졌다. 가끔은 불안이 올라오기 전에 '스톱!' 버튼을 누르고 행동부터 취하는 것이 또 하나의 불안을 감소시키는 작업임을 깨달았다.

　공황장애 8년 차, 오른쪽에 매복된 사랑니 위아래에 통증이 찾아왔다. 결국은 모든 사랑니를 발치해야 끝나는 일이구나. 그렇다면 단 한 번 남은 이 통증에 대한 불안도 한 번이면 된다. 이번에도 대형 치과 병원에 갔고 검사를 받은 후 제일 빠른 발치 날짜를 잡았다. 발치하는 날, 마취 주사 맞고 또 경련, 뭐 이 정도는…. 지난번엔 귀마개로 소리를 막을 수가 없어서 핸드폰 음악을 크게 켜 놓고 이어폰을 꽂은 뒤 발치를 시작했다. 병원에서도 귀마개보다는 음악 소리를 크게 트는 걸 추천했다. 그 후 순조롭게 발치하고 멀쩡하게 걸어서 내 발로 진료실을 나가면 좋았겠지만, 다리에 힘이 풀려서 바닥에 주저앉았다. 긴장이 풀리면서 다리도 풀려 버렸고, 또다시 간호사와 5분 정도 의자에 앉아서 쉬고 진료실을 나섰다. (도입부부터 신나는 텐션과 즐거움으로 사랑니 발치 통증을 줄여 주었던 '오마이걸' 음악, 사랑합니다.)

너무 큰 긴장보다는
차라리 크게 심호흡하기를,
아프니까 사랑니다.

공황이 먼저인가, 불어난 살이 먼저인가

"잘 생각해 봐, 오늘 아팠던 것들이 공황이었는지, 불어난 살 때문인지."

공황발작이 시작되면서 20kg 이상 살이 쪘다. 먹고, 눕고, 어지러워서 또 먹고, 눕고 그렇게 반복하다 보니 불과 몇 개월 만에 감당할 수 없을 정도의 살이 쪘다. 살기 위해 먹었고, 더 살다 보니 살들이 옷을 먹고, 내 보조개가 파묻히고, 뒤뚱거리며 걷기 시작했다.

두통과 어지러움, 식은땀이 날 때 항상 예기 불안이라고 생각했는데, 어느 날 아버지가 말씀하셨다. 그것이 불어난 살 때문은 아닌지 생각해 보라고 말이다. 그때 처음 살에 대한 문제의식을 가졌다. 성인병도 문제지만 지금 당장 내가 느끼는 여러 가지 몸의 반응들은 공황이 먼저인지, 불어난 살이 먼저인지 알 수 없다는 데 놀랐다. 구분할 수가 없었다. 공황도 처음이지만 이 정도의 비만도 처음이라서 모든 게 혼란스러웠다. 체중을 감량하기 위한 노력도 해 보았지만 내 몸은 위기. 이상 반응이라고 느꼈는지 몸소 불안함과 긴장감을 통증으로 호소했고, 여러 번 제자리였다. 최근 2, 3년 정도 내 몸은 체중 동결이다. 가장 최고점에서 동결이라 아쉽기는 하지만 더 불어나지 않는 살에 감사하며 마음으로 노력 중이다.

체중을 감량하기 위한 일말의 노력은 내 몸의 스트레스가 아니라 즐거움, 취미, 일상이라고 마음과의 협상에 들어갔다. 마음을 먼저 설득시키지 못하면 모든 몸의 노력은 수포로 돌아간다. 공황장애가 시작된 이후 불어난 살을 조절하려 한의원도 다니고 요가, 헬스, 그리고 체중 때문이 아니라 다른 목적이었지만 비건으로 한 달 살기도 해 보았다. 보통 외부에서 하는 활동은 마스크를 쓴 채 땀 흘리는 활동을 하게 되니 없던 병도 생길 것만 같았다. 그 힘겨움이 어느 정도 정점에 다다랐을 때 공황발작이 오기 직전 숨 가쁨과 모양이 비슷해서 나도 모르게 몸이 '스톱!' 외친다. 이 정점만 넘어가면 무언가 도전할 수 있을 것 같은데…, 핑계라고 해도 어쩔 수 없고, 왜 그걸 못 넘기냐고 해도 할 말 없다. 지금 할 수 있는 데까지 최선을 다하는 수밖에. 산책하며 조금 더 빠르게 걷기, 더 오래 걷기, 더 보폭을 넓히기. 생각해 보니 체중 감량은 공황장애 이전에도 힘들었던 것 같다. 하하, 나만 그런가요?

코로나의 온도

집 밖으로 나오자마자 온몸으로 전해지는 상쾌함. 기지개를 펴고 햇빛을 받으며 바람 따라 걷는다.

"아, 맞다, 마스크!"

어쩐지… 공기가 상쾌하더라.

코로나가 침투한 일상이 시작되었다. 마스크가 의무 착용이 아니었을 때, 자주 마스크를 깜빡하고 외출했다가 마스크를 착용한 사람들을 보고 부랴부랴 마스크를 챙기러 집으로 돌아선 적이 있다. 더 이상 깜빡할 수 없는 마스크와 함께하는 삶이 시작되었고, 나 또한 사재기의 길로 들어섰다. 해외에서도, 우리나라에서도, 옆 동네에서도 퍼져 버린 코로나로 인해 사재기하는 사람들, 마스크를 구입하기 위해 줄을 늘어선 사람들, 주식 그래프였으면 좋았을 것 같은 코로나 확진자 수가 크게 늘어났다. 처음에는 마스크, 라면, 화장지, 생수 등 뉴스에서 구하기 힘들다고 말하는 품목을 사들이기 시작했고, 늘어나는 물품을 보며 내가 느끼는 코로나 속 불안을 알게 되었다. 밖에서 재채기하는 사람들을 보며 예민하게 바라보는 내 모습을 느끼고 스스로 외출을 삼갔다. 마스크 속 보이지 않는 사람들의 표정이 무서웠다. 재난 문자가 올 때마다 신경이 곤두섰다. 코로나 관련 뉴스를 보며 열이 올랐다가, 화가 났다가, 차가워지기를 반복하면서 겪는 온도 차가 커졌다. 사람들의 사이는 멀어지고, 사회적으로 거리를 두기 시작했다.

집에서 먹는 밥이 지겨워서 외식을 나갔다. 옆 테이블 손님이 주문하는 소리가 들렸다.

"여기, 아귀찜 하나 주세요. 소주 하나랑, 막걸리도 주세요. 막걸리는 흔들지 말고 주세요."

그 다음 대사가 지금도 선명하다. 주문을 하고 그들끼리 나누던 말.

"요즘 코로나라서 주차 단속 안 해."

내 몸이 떨리기 시작했다. 그건 불안이 아니라 분노였다. 신고를 해야 하나, 옆 테이블에서 들은 말 한마디로 신고를 할 수 있을까. 코로나 상황을 이용하는 사람들이 있다니. 음식을 다 먹지 못했고, 그 후로 몇 달 동안 외식을 하지 않았다.

고모가 입원한 정신과 병원은 코로나가 시작되고 면회와 외출이 금지된 지 1년이 되어 갔다. 뉴스에서 고모가 입원한 병원 이름이 나오고, 집단감염이 시작되었다고 했다. 환자와의 통화도 되지 않고, 찾아가서 볼 수 없고, 택배도 보내지 못했다. 뉴스에서는 집단감염 환자가 늘고 있다는 얘기만 들리고⋯. 내가 앓아누웠을 때는 그저 나만 힘들면 그만이었는데, 코로나는 너무 많은 것을 무너뜨렸다. 아버지가 고모 일로 속상해하며 분노할 때, 비로소 정신이 번쩍 들었다. 그러곤 지켜야 할 것, 소중한 것들을 생각하며 내 마음의 '걱정 스톱' 버튼을 눌렀다. 마음을 짓누르던 어떤 것이 사라지고 평온함을 찾았다. 코로나 안에서 적정 온도를 그렇게 찾았다.

집에서 2분 거리에 소방서가 있다. 출동하러 가는 소방대원들은 하얀 방호복을 입고 차에 오른다. 그 장면을 볼 때마다 불안이 아니라 응원의 마음이 일어났다.

오늘도 힘내시라고 잘 다녀오시라고 마음속으로 말했다. 비싼 값을 주고 무조건 사들인 마스크를 들여다보다가, 사람들에게 나눔하기 시작했다. 모두가 불안한 시대, 나마저 그걸 보탤 필요는 없다고 생각하며 개인 SNS에 코로나와 관련한 언급을 하지 않았다. 오늘 차려 먹은 밥상, 백수로 지낸 하루 일과 등 가볍게 읽을 수 있는 글들을 썼다. 뉴스를 보기 위한 TV는 껐다. 대신 고전을 읽었다. 지금 같은 시기에 공황발작이 와서 응급실에 실려 갈 수는 없다. 스스로 공황을 이겨 보자. 그동안 공황이 없었던 것은 아니지만, 그 이후로 응급실에 실려 간 적은 없다. 2022년이 된 지금, 공황장애 9년 차 짬밥도 쌓였다.

마스크에 가려진 사람들의 표정은 여전히 알 수 없다.
저마다의 행복과 불안의 온도는 알 수 없다.
그저 지금을 살아가는 당신들에게 고마울 뿐이다.
기왕 고마워하는 김에 지금의 나에게도 고마워해야겠다.
공황을 안고 살아가는 나 말고 나! 그냥 나!!

코로나가 머무는 이 시국에
당신들이 어떤 순간과 상황을 살아갈지는 모르겠지만
저마다의 적정 온도를 찾아가기를 바란다.

아프면 약, 배고프면 밥, 졸리면 잠

　직장 생활을 할 땐 퇴근하고 나면 졸려도 커피를 마시고, 술을 마시며 잠을 쫓았다. 내일 또 출근인데 일찍 잠들면 뭐 하나, 조금이라도 뭐라도 하자. 퇴근 후 쉬고 싶지만 어떻게 쉬어야 하는지 모르겠고 누적된 피로로 몸이 곯은 상태였다. 배고파서 무언가 먹어도 하루 종일 허기졌다. 집으로 돌아와 편한 마음으로 폭식을 했고 잠든 게 아니라 기절한 것 같은 상태로 밤을 지나 아침에 일어났다. 또 출근 시간. 자주 역류성 식도염에 걸렸고, 뭘 어떻게 먹어야 하는 것인가, 또다시 편의점에서 가벼운 끼니를 때우며 일상이 시작되었다. 지치고 아플 때 하늘을 보라는 노래 가사가 있다. 다들 그렇게 숨기듯 참고, 지금을 흘려보내면 아픈 게 사라진다고 생각했다. 보이지 않아서 없다고 믿으며 세상에서 내가 제일 똑똑한 척했다.

중고등학교 때 친구를 만났다. 친구들은 내가 힘든 가정 형편이었지만 그래도 항상 웃고 있어서 잘 지내는 줄 알았다고 했다. 그런데 공황장애가 왔다고 하니 힘들지 않았던 게 아니라 힘든 내색을 하기 싫었던 것 아니냐고, 지금도 괜찮다고 하지만 사실은 공황장애로 힘든 것 아니냐고 말했다.

지금은 마음을 숨길 수 없고, 몸을 속일 수 없다. 그때는 힘들어도 하늘을 보며 웃으면 되는 줄 알았고, 이제는 힘들면 힘들다고 말하지 않으면 내가 마음을 속이는 것을 몸이 알고 바로 아픔으로 표출한다. 그래서 지금의 나는 '쩐!'이라고 말한다.

'아프면 약을 먹고, 배고프면 밥을 먹고, 졸리면 잠을 자.' 이 단순한 말을 해 주는 사람이 주변에 있었다면 나는 나를 좀 더 사랑할 수 있었을까. 참지 말고, 울고, 화내고 내 감정에 솔직해지는 게 남의 시선보다 중요한 것임을 알지 못했다. 무작정 달리기만 하는 사람에게는 물을 건네고, 잠시 쉬어 가며 풍경도 보고 사람도 보라고 말해 주고 싶다. 그리고 본인이 누군가에게 듣고 싶은 말은 내가 나 자신에게 해 주면 더 좋더라. 나는 이제 졸리면 잔다.

또다시 실망했죠? 많이 우울했죠?

몇 년 동안 복용하는 약은 변함이 없고 3개월에 한 번 병원에 내원한다. 매일 취침 전 한 번 네 개의 알약을 먹고 비상시에 먹는 비상약을 가지고 다닌다. 공황장애 6년 차, 주치의는 내게 감약을 시도해 보자고 했다. 알약을 바꾸거나 늘려 본 적은 있지만 약을 줄여 보자는 건 처음이었다. 또다시 적응하려면 몇 주는 몸이 힘들겠구나, 그 생각만 하고 감약을 시도했다. 취침 전 네 개의 알약 중 한 알을 뺐다. 그리고… 앓아누웠다. 당시 계약직 근무를 하고 있었는데 도저히 출근할 수가 없었다. 가까스로 출근을 해도 아주 빠른 퇴근을 했다. 병원 응급실도 다녀오고, 몇 주 동안 힘든 시간을 보냈다. 그리고 병원을 내원하여 감약 시도의 실패를 알리고 다시 네 알을 복용했다.

다시 출근했다. 그때 직장 센터장님이 차 한잔을 제안했다. 그리고 얘기를 꺼냈다.

"많이 실망했죠? 다시 나빠진 거 아닐까 생각하며 우울해지지 않았어요? 괜찮아요?"

나아지려고 감약을 시도한 건데 실패하고 예기 불안과 발작으로 오랜만에 응급실을 찾으며, 또다시 시작인 것 같아 스스로에게 실망하지 않았냐고 물어본 것이다. 감약 시도뿐만 아니라 다른 활동에도 도전하고 실패할 때마다 좌절감은 늘 있었다. 왜 낫지 않는 거야, 왜 그대로야, 왜 아직……. 왜 나한테 이런 일이! 나 스스로를 옥죄는 행동은 내 숨만 막히게 한다는 것을 깨닫고 빠르게 태세 전환! 괜찮아, 이번엔 실패지만 다음에 또 도전! 무언가 새로운 것을 시작할 때 몸이 거부 반응을 보이지만, 그래… 그래서 공황이지… 괜찮아, 다음에 또 도전! 그렇게 마음먹었다. 쉽지 않기에 스릴 있고, 긴장을 마음속 설렘으로 바꾸고 다시금 도전한다.

다시 처음으로 돌아가서, 많이 실망했죠? 많이 우울했죠?

내 마음을 물어본 선생님께 말했다.

"물어봐 주셔서 감사합니다. 아무도 모르는 나만의 아픔인 줄 알았어요. 실망도 했고, 울기도 했지만 결론적으로 괜찮아요. 더 나빠졌다는 생각은 안 해요. 나는 나를 해치고 싶은 게 아니라 지키고 싶어졌고, 앓아누운 김에 푹 쉬었어요."

그리고 1년 후 공황장애 7년 차, 또다시 약을 네 알에서 세 알로 줄이는 도전이 시작되었고, 2주 정도 힘들었지만 이번엔 성공했다. 도전하지 않으면 그로 인한 아픔 또한 없을 것이다. 고인 물이 되겠지. 내 인생 마음 줄기 따라 흘러가기를 바란다. 또 아프면, 또 이겨내면 되지 뭐, 훗!

아프면 집에서 쉬기

코로나가 시작된 이후, 아프면 집에서 쉬라는 문장이 눈에 띄었다. 정말 아프면 쉬어도 되는 건가? 백신휴가라는 말도 생겼다. 주위 사람들에게 피해가 될까봐 아픈 것도 눈치 보며 직장 생활을 했었다. 근무 평정을 할 때도 건강과 관련된 항목이 있었고 나는 늘 최하위점을 받았다. 아파서 피해를 주지 않기 위해 주말, 저녁, 휴가 때도 일했는데 늘 돌아오는 건 '건강 항목 최하위점'. 그런 나에게 코로나 이후 '아프면 집에서 쉬라'는 말은 또 다른 차별의 잣대인가, 진심 어린 사회적 언어인가, 직장마다 또 다른 기준을 세울 텐데… 하는 질문으로 다가왔다. 어떤 사람은 아마 집에서 쉬어도 쉬는 게 아닐 거다.

코로나 확진자 이동 경로를 실시간으로 알려 주는 것을 보며 공개되는 사생활의 범위가 무서워서 밖에나가는 일을 줄였다. 현재 3차 백신 접종까지 마쳤지만 누군가의 기침 소리는 여전히 신경 쓰인다. 왜 이곳은 백신 패스가 의무이고, 다른 곳은 아무런 방역 체계 없이 들어갈 수 있지? 기준이 모호해 화가 치밀었다. 가뜩이나 내겐 더 답답한 마스크! 공황이 있는 나에게는 마스크가 더욱 답답하게 여겨져 외출 시 밖에 머무는 시간을 최소화했다. 시기에 따라 달라진 사회적 거리 두기 조정은 날 혼란스럽게 했고, 이제는 코로나 자가격리 경험이 없는 사람은 대인관계에 문제가 있다는 얘기가 우스갯소리가 되었다. 이게 무슨 소리인가.

아프면 집에서 쉬라고 했건만, 집에만 있다가 더 아플 것 같다.

공황과 함께하는 일상도 시간이 걸렸듯이
코로나와 시작된 새로운 일상도 시간이 걸리겠지.
사람 많은 곳을 피하다 보니 공황장애 직면하기(노출하기)도 멈추었고,
만나고 싶었던 사람들, 가고 싶었던 곳에 대한 그리움은 커졌다.

또다시 나만의 방법을 찾겠지만,

아프면 집에서 쉬는 것이 부끄럽지 않은 세상이 되면 좋
겠다.

2장

그렇게 나는
조금 부족한 어른이 되었다

가족은 날 이해할까

공황장애 6년 차 때다. 특별하게 무리하지 않는 한 하루를 사는 데 아무런 지장이 없다. 생글생글 웃으면서 산책도 잘하고, 설거지도 곧잘 하고, SNS 활동도 적극적으로 한다. 날 제일 가까이에서 보는 아버지는 이제 병이 다 나은 것 같다고, 계속 보고 있으면 일 다니기 싫어서 꾀병 부리는 것 같다고 말했다. 내가 생각해도 내가 꾀병을 부리고 있는 게 아닌가 싶을 정도로 공황장애 상태가 많이 호전되었다. 그런데 그 말이 너무 슬프더라.

'꾀병 부리는 것 같다.'

나의 모든 아픔이 꾀병이라는 말로 가볍게 다룰 수 있는 것들이었나, 가족이라면 날 조금 더 이해하고 감정을 헤아려 줘야 하는 것 아닌가 하고 말이다. 그 말을 듣고 며칠을 울었다. TV에서 보면 공황장애 있는 연예인이 방송을 하다가도 예기 불안이 오면 방송을 멈추고 약을 먹고, 조금 쉬다가 다시 방송하는 모습을 본다. "의지가 약해서 오는 병 아니냐", "충분히 사회생활을 할 수 있는데 지레 포기하고 만 것 아니냐" 그런 말에 가슴이 무너진다. 나라고 집에서 밥만 축내며 하루하루를 숨죽이며 살고 싶었던 것은 아니란 말이다. 의지의 문제라면 벌써 나도 나섰겠지, 그 말을 되새기며 또 눈물을 흘렸다. 그 누구보다 내가 제일 먼저 자립하고 싶고 예전의 밝았던 모습으로 돌아가고 싶다. 그럴 때 내 마음을 달래 주는 이는 같은 공황장애를 가진 이웃뿐이었다.

내 상태가 꾀병이 아니라는 것은 단 며칠 만에 알게 되었다. 구인 사이트를 검색하는데 예전 직장 생활 하던 때가 떠오르면서 두근거림이 심해졌다. 비상약을 찾지는 않았지만 호흡에 힘을 쏟고 관심을 다른 데로 돌리기 위해서 노력했다. 가족에겐 내가 딸자식이니까 미련이 남는 거겠지, 자식이 이러고 있는 게 부모의 탓은 아닐까 하고 가족들도 마음이 힘들 거다.

내가 그런 부모의 마음을 알아주어야 할 때도 있는 거다. 아버지를 달래 드렸다. 아직 다 낫지 않았다고. 그치만 실망하지 마시라고. 언젠가는 나아서 활개 치고

다닐 테니 조금만 기다려 달라고 말이다. 정말 언젠가
는 나아서 예전처럼 살 수 있기를.

이 모든 게 유년 시절 결핍 때문일 거야

두 살 때 우리 가정은 이혼을 겪었다. 아버지가 나를 키우셨다고는 하나 할아버지, 할머니의 손길을 더 받고 컸다. 어려서부터 우리 집은 기초생활수급권자였다. 그래서 정부의 보조금과 할머니가 막일을 하셔서 수입이 조금 있었고 할아버지는 파킨슨 병으로 몸져누웠다. 고모는 조현병이라 반년은 정신과 병동에서 반년은 집에서 생활했지만 사고 치는 일이 많았다. 아버지는 자주 집을 비웠는데, 술 마시고 집에 오는 아버지는 무서웠다. 엄마가 없다는 슬픔에 나는 자주 눈물을 보였다. 내게 엄마만 있었어도 의지하며 살았을 텐데, 이놈의 집구석은 어디 의지할 구석이 없었다.

공납금 통지서가 무서웠다. 수업료 안 낸 사람들을 교무실로 불렀을 때 나는 가정 형편이 어려워 수업료를 낼 수 없다고 말했다. 이후 선생님이 수업료를 내지 않도록 조치를 취해 주셨다.

도시락도 챙길 수 없었다. 아니 학교에서 도시락을 꺼내 놓을 수 없었다. 다른 친구들은 소시지, 달걀말이, 고기 반찬 등을 내놓는데 나는 항상 김치와 나물이었다. 누가 나랑 밥을 먹자고 하겠어…… 도시락을 챙겨 갔어도 학교에서 꺼내지는 않았다. 밥 안 먹고 돌아온 손녀를 보고 할머니가 마음 아플까 봐 집에서 몰래 도시락을 꺼내 먹었다. 빈 도시락 통을 할머니께 내밀었다. 할머니는 지금도 모르신다. 내가 학교에서 밥을 먹지 않았다는 것을. 제일 먼저 눈치챈 건 중학교 담임 선생님이었다. 당시 학교에서 형편이 어려운 아이에게 도시락 배달 지원을 해 주었고, 2년 정도 도시락을 받아 먹을 수 있었다. 가난했다. 불안했다. 초조했다.

엄마의 자리가 부재하여 얻은 것은 불안 한가득이다. 초등학교 때 매일 한 가지 옷만 입고 다녀서 친구들이 넌 왜 그 옷만 입고 다니냐고 물어본 적이 있다. "이 옷이 좋아."라고 말했지만, 옷이 없었다. 여벌의 옷이 있었지만 고모가 죄다 찢어 버렸다. 그래서 매번 단벌이었다. 고등학교 때 수학여행을 제주도로 갔다. 나는 가지 않았다. 멀미가 심해서 안 간다고 했지만, 수학여행비를 달라고 하기가 미안했다. 말해도 주실 수 없는 상황을 알기에 입을 다물었다.

가난했지만 학교 생활은 재미있었다. 특히 봉사활동 다니는 게 좋았다. 토요일, 일요일, 방학 때는 몇 주간 꽃동네 봉사활동을 간 적도 있다. 집에서는 할 게 없었다. 다른 아이들은 방학이 되면 나들이나 어딘가 여행을 다녀오지만 나는 갈 데가 없었다. 그래서 봉사 시간 400시간을 채우고 수시 전형으로 대학에 갈 정도로 봉사활동에 매진했다.

고모는 자다가 눈을 뜨면 어둠 속에서 째려보다가 내 뺨을 때렸다. 집을 홍수로 만들고, 집에 있는 창문을 모조리 깨고, 당장 내일 입고 가야 할 내 교복을 찢어 버리기도 했다. 집에 있는 게 무서웠다.

가정이 정상적인 기능을 해 주었다면 내가 공황장애를 겪지 않았을까? 어렸을 때부터 불안한 삶을 살았기에 이 병이 시작된 건 아닐까?

상담을 받는 동안 어린 시절 내 모습을 떠올리면 괴로웠다. 상처받은 내면의 아이가 고스란히 보였다. 그런데 너무 많이 탓하고 원망하다 보니 그게 다 무슨 소용인가 싶더라. 다들 열심히 살았을 뿐이다. 나도 열심히 컸을 뿐이다. 다만 조금 가난했고, 불안했고, 아플 뿐이었다.

초등학교 6학년 때 정신과 병원에 가서 약을 먹었고, 우울증이라고 했다. 고등학교도 입학하기 힘들 정도로 심각한 우울이라고 했다. 뭐라고? 내가 고등학교도 못 갈 거라고? 아등바등 더 질퍽거리며 살아 보려고 했고 고등학교로 진학했다.

환청, 환영에 시달렸다. 너무 힘들어서 식은땀이 났다. 정신과에서는 대학교도 못 갈 거라고 했다. 보란 듯 수시 합격으로 대학에 입학했고, 지방대에서 장학금을 받고 다녔다. 용돈이라도 벌어 볼 생각으로 새벽 알바를 뛰었는데, 어느 날 수업 도중 쓰러졌다.

"알바해서 돈 버는 게 효도가 아니야, 공부 열심히 해서 장학금 받는 게 효도야."

아버지의 그 말씀에 아침 7시면 도서관에 가고 밤 10시에 자취방으로 돌아왔다. 장학금을 받았다. 처음 장학금을 받으며 엉엉 울었다. 나도 해낼 수 있다는 것, 내가 모자란 사람이 아니라는 것을 알게 되었다. 그렇게 대학을 졸업하고 경기도에 소재한 대학원을 나왔다. 대학원 입학할 때도 장학금을 받았다.

그렇게 나는 조금 부족한 어른이 되었다.

충분히 미워하세요, 화내세요, 그리고 가능하다면 용서하세요

"그때 왜 때렸어?" 할머니에게 20년도 더 된 이야기를 한다. 아버지에게도 "그때 왜 그랬어?"라고 묻는다. 가족이라는 형태는 온전하고 완벽해야 한다고 생각했던 내 태도에도 문제가 있었을까. 모두가 완벽한 존재가 아니라는 것을 깨달아야 했는데 100퍼센트 채워 줄 것으로 생각했던 내 생각이 어렸는지도.

사랑이 부족한 집안에서 태어나 너무 많이 원망했다. 중학교 때 고모가 날 때려서 '나도 더는 못 참겠다'고 울부짖으며 바닥에 주저앉은 적이 있다. 하루 가출한 적도 있다. 아무도 날 걱정하지 않았다. 아무 일 없다는 듯 내 발로 다시 집으로 들어왔다. 아버지는 내가 하루 가출했다는 것을 몰랐고, 할머니는 네가 그럴 줄 알았다는 듯이 막 대했고, 나에게 어떤 피드백을 해 줄 사람이 없었다. 가족은 있었으나 사랑이 부족했다.

공황장애가 오고 나서, 왜 그렇게밖에 못 했냐며 가

족이 미워서 소리 지르고 화냈다. 나도 고모처럼 다 때려 부수고, 누군가를 때리고 싶을 만큼 분노가 사그라들지 않았다. 공황장애가 극에 달했을 때엔 병원에 입원한 상태에서 화낼 상대도 없는데 화를 내고 미친 듯이 집어 던지며 분노했다. 얼마나 그렇게 울부짖었는지 모른다. 어리석게도 나 역시 내가 혐오해 오던 행동을 하고 말았지만 우리는 생각은 허용하되, 행동을 허용해서는 안 된다. 그건 해가 될 수 있을 뿐 아니라 범죄도 될 수 있다. 나처럼 극에 달한 상태에서는 특히.

우리는 누군가에게 쉽게 상처받지만, 누군가에게 쉽게 상처를 줄 수도 있다. 나는 100퍼센트 완벽한 사람이 아니다. 그렇기에 더 내 행동에 제재를 가해야 한다. 누군가에게 상처로 기억되지 말자. 과거를 용서해야 다음이 온다. 물론 나도 용서가 안 되는 어른이 있지만 그게 내 삶의 우선순위에 들어갈 만큼 영향력 있는 사람이 아니니까 더 생각할 가치도 없는 일이다.

가정사, 과거의 일은 과거로 묻기

세상에 사연 없는 사람이 어디 있는가, 그것을 받아들이는 관점의 문제일 뿐.

우선 고백하자면 난 엄마가 없는 자신을 미워했다. 그런데 대학에 입학해 많은 사람을 만나면서 이혼한 가정이 많다는 것을 알았다. 나처럼 한 부모 가정, 심지어 나보다 어렵게 살아온 이들의 얘기도 심심찮게 들었다. 안도도 되면서 얼마나 힘들었을까 하며 간접적인 슬픔을 나눴다.

그런가 하면 대학 때 내 속내를 많이 털어놓았다가 참 많이 데었다. 너무 많은 자기 고백이 나에게 상처로 돌아오는 것을 늦게 깨달았고, 많은 사람을 놓쳤다.

과거의 일은 과거로 묻어 둘 필요가 있다. 나만의 과거이고, 다 그렇게 산다. 누군가에게 위로받고 싶어도 참는 법도 배워야 한다. 미래를 앞두고 현재를 살자.

몇 명의 친구가 필요하세요

내게 조울증이 오래된 친구라면, 공황장애는 알게 된 지 얼마 되지 않았지만 마음의 쿵짝이 잘 맞는 친구이다. 특히 나의 경우 조증이 오래가고 우울은 짧으나 깊게 가는 편이라 주위 친구나 동료가 차라리 편하게 대해 줬다. 조증인 상태가 오래 지속되는 경우라서 사람이 밝고 긍정적인 인상을 주었다. 어두울 때는 생리하는 날. 3~4일만 기분이 다운되어 있을 테니 미리 알아두라고 주변 사람에게 넌지시 '그날'을 언질해 두었다. 그러면 '아, 그런 기분이 오는 날이구나' 하고 나를 받아들였다. 물론 '쟤 왜 저래?' 하면서 상처 되는 말을 한 사람도 있다. 자기 기분 하나 파악 못 하고, 다 큰 성인이 감정 하나 다스리지 못하냐고 말이다. 그런 말을 들으면 더 침체되어 우울증이 깊어졌다. 역시 너도 내 마음을 이해하지 못하는구나, 그러면서 동료와 친구, 선배를 떠나보냈다.

공황장애가 오면서 내 사람이라고 생각되는 사람들이 다가왔다. 친한지 안 친한지 애매모호한 사람들이 연락해 오고 응원의 메시지를 주고받았다. 병원에 입원했을 때는 병문안 와서 먹을 것을 주고, 책도 사 주고 갔다.

퇴원하고 나서는 내가 사는 동네까지 와서 먹을 것을 사 주고 늘 내 컨디션을 물어봐 줬다. 정말 고마웠다. 역시 아파 봐야 주위 사람들이 제대로 보이는 것 같다. 그리고 깨달았다. 인생을 살면서 많은 친구가 필요하지 않구나. 나는 항상 얇고 넓게 사람을 사귀는 편이었는데 아프고 나서는 좁고 깊게 사람을 만나게 되었다. 동갑내기 친구들은 거의 결혼하거나 직장에 빠져 살아서 내게 자주 연락하는 편은 아니지만, 가끔 연락 오는 그들의 한마디 한마디에 깊이 위로받는다.

살면서 나를 이해해 주는 친구 몇 명만 있으면 사람은 살아갈 용기를 얻는다. 이해해 주지 않는 억지 인연을 만들 필요가 없다. 내가 먼저 적극적으로 연락을 취하지 않아도 친구는 자연스레 연락을 주고받게 된다. 때로는 내가 괜찮냐고 안부를 물어봐 주지 않는 친구를 친구의 명단에서 제외하는 경우도 있다. 그런데 그런 친구는 기다려 주는 친구일 수도 있다. 나의 상황을 이해하고 내가 조금 더 나아질 때를 기다려 주는 친구, 고마운 친구다.

자연스레 연락이 끊긴 친구로부터 10년 만에 연락이 왔다. 학창 시절을 함께 보낸 충주 친구 선희는 공황장애가 오고 나서 다시 만난 친구다. 끝인 줄 알았던 인연은 가느다란 실타래로 연결되어서 찾는 데 오래 걸렸다.

나의 병을 알고는 더 이상 다가올 사람들이 없을 거라고 생각했는데, 그 안에 또 다른 시작이 있더라. 그렇게 또다시 친구에게 반가운 안녕을 전한다.

나도 너를 이해할 수 있을까
— 내 가족이나 친구가 공황장애라면?

나처럼 불안과 공황장애를 가진 친구나 가족이 있다고 생각해 보자. 나도 과연 너를 이해할 수 있을까? 친구가 있다면 개인적으로 주위의 영향을 많이 받는 입장이라 가까이 두고 도움을 주기에는 어려웠을 것 같다. 가족이 힘들다면 그건 정말 가족이니까 받아들여야 할 것이다.

조울증으로 기분이 오락가락하고, 외동딸이라 자매나 오빠나 동생이 없어서 모델링 할 사람이 없다. 게다가 부모 중 한 사람이 없다. 가족 내에서 사랑받지 못하고 큰 어른이다. 그런 내가 사회생활이라고 잘할 수 있었을까. 잘한다고 하면 '아, 잘한 거구나', 이건 틀린 거라고 하면 '아, 이건 틀린 거구나' 하며 자랐다. 참 컨트롤하기 쉽지 않았을 거다.

조금만 힘들면 죽겠다고 난리, 응급실 가면 실려 간다고 난리, 넌 그 정도 말밖에 못 해 주냐고 난리, 또 네

가 필요하다고 글썽이며 난리, 내가 피우는 난리법석
에 친구들도 넌덜머리가 날 것 같다. 비위를 어디에 대
고 맞춰야 할지 종잡을 수가 없다. 그래서 공황장애 가
족이나 친구를 둔 사람에게 말해 주고 싶다. 다섯 가지
정도로 정리해 보았다.

첫 번째, 병원에 동행하기

응급실에 동행해 줄 것을 조언해 주고 싶다. 공황장
애 환자라면 처음 병원에 들어서기조차 어렵다. 정신
과 병동을 찾아야 한다는 것이 겁날 것이다. 숨이 넘어
갈 것처럼 힘들어 병원 응급실을 찾아 각종 검사를 받
아도 아픈 데를 특별히 발견하지 못했다고 한다. 응급
실 의사는 공황장애가 의심된다고 한다. 그 정도면 병
원을 다니는 게 맞다. 스스로 처음 나서기 힘들다면 동
행해 주는 것도 도와주는 방법이다. 누군가 같이 있다
는 것만으로 도움이 될 것이다.

두 번째, 공황발작 시 호흡에 신경 쓰고 관심을 다른 데로 돌릴 것

공황발작이 시작된 친구가 죽겠다고 난리이고 119

구급대원은 불렀는데 아직 도착하지 않은 상황이라 치자. 아니면 예기 불안이 왔고 발작이 오기 직전이다. 그럴 때 호흡에 관심을 집중시킨다. 가빠지는 숨을 천천히 쉬게끔 도와준다. 그러곤 관심을 다른 데로 돌린다. 아침에 뭐 먹었지? 지금 뭐가 보이지? 나열해 보자. 끝말잇기를 주고받는 등 공황장애가 아니라 다른 데로 관심을 돌리는 연습이 필요하다.

세 번째, 노출 훈련 도와주기 + 공황의 원인을 찾아보자

어떤 상황에서 공황이 더 심해졌는지 생각해 보자. 예를 들어 지하철을 탔다가 처음 공황이 발생했다면 처음에는 개찰구까지 가 보고, 지하철 문 열리는 것까지 보고, 지하철 타고 한 정거장만 더 가서 내리고, 두 정거장도 가 보고… 이런 식으로 상황에 점진적으로 노출하는 훈련이 필요하다. 불안은 따라오는 것이기 때문에 불안을 덜 수 있도록 친구나 가족이 그 상황에 동행해 준다면 더한 위로는 없을 것이다. 훈련이 잘된다면 언젠가는 지하철을 혼자 탈 수 있게 되고 공황이 조금씩 멀어질 것이다.

네 번째, 이야기 잘 들어 주기

몸이 아파서 마음도 아프거나, 마음이 아파서 몸이 아프거나 둘 중 하나다. 같이 있는 시간이 많다고 속 깊은 얘기를 많이 하는 것은 아니다. 억지로 얘기를 꺼내는 것도 좋지 않지만 스스로 얘기할 수 있게끔 환경을 만들어 주는 것도 중요하다. 같이 차를 마시거나 산책을 해 보자. 내 경우 아버지와 다도를 즐겼다. 온종일 아버지와 같이 생활했지만 다도하는 30분 동안, 산책하는 1시간 동안 얘기하는 시간이 즐거웠고 속 깊은 얘기가 나왔다. 그 시간을 함께하는 사람이 소중하게 다가온다.

다섯 번째, 어설픈 응원의 메시지는 독이 될 수 있다

"힘내" "파이팅" "넌 할 수 있어" 누구라도 할 수 있는 말이다. 누가 난 할 수 없다고 했어? 누가 힘내고 싶지 않아서 안 내? 공황장애를 갖고 조울증까지 겹치면 마음이 울퉁불퉁하다. 그런 위로 따위는 듣고 싶지도 않다. 잠잠하던 공황을 깨우고 기분을 상하게 만든다. 위로는 해야겠는데 적절한 답을 찾지 못할 때, 책이나 음악을 선물해 보자. 조금 긍정적인 메시지를 담고 있는 단어로 된 책이나 음악을. 그렇게 덤덤하게 기다려 주기를 바란다. 무엇을 더 해 주려고 애쓰지 말고 적당한 무관심도 도움이 될 터이다. 공황장애 환자의 감정에 휘둘리지 않고 본인의 삶을 살도록 노력해야 한다. 공황장애는 생각하는 것보다 기한이 긴 싸움일 수 있다. 그 시간을 함께 버텨내려면 환자뿐 아니라 주변인들이 지치지 않아야 한다. 지치지 않길 바란다.

공황장애가 내 삶에 찾아온 후 경기도 양평으로 거처를 옮겼다. 가끔 친구들이나 지인들이 내가 잘 지내는지 보러 이곳까지 온다. 그이들에게 고맙다. 나도 당신들이었으면 이렇게 찾아와서 응원해 줄 수 있었을까. 당신을 이해할 수 있었을까.

사내 복지 체계 잘 활용하기

32세 공황장애 3년 차, 새로운 직장을 갖고 업무를 시작한 지 1개월 조금 지나 공황발작이 시작되었다. 그전까지만 해도 예기 불안에서 멈추더니 발작이 온 것은 처음이었다. 구급차를 불러 응급실로 향했고 바로 병원에 입원 수속을 밟게 됐다. 상황이 너무 급박했던지라 병원에 입원하기 전 먼저 직장에 양해를 구하는 게 우선이었으나, 나 아픈 것만 보였다. 처음 입원한 곳은 폐쇄 병동이라 스마트폰 반입 금지였다. 2주 정도 입원하라고 해서 스마트폰을 반납하기 직전 팀장에게 상황이 이러이러해서 입원하게 되었고 폐쇄 병동이어서 통화를 할 수 없다고 말했다. 그렇게 2주가 흘렀다.

이후 직장 제출용으로 진료 확인서를 끊었다. 거기에는 '1개월 정도 안정 가료가 필요함'이라고 기록되어 있었다. 직장에 제출하자 총무팀에서 연락이 왔다. 1개월 정도 안정 가료가 필요하다는 말은 앞으로 1개월 동안 근무 중 내 몸에 이상이 생기면 직장에서 책임을 져야 한다는 뜻도 가진다고 했다. 그래서 1개월 병가를 주겠다고 했다. 직장을 다니기 시작한 지 이제 1개월 차, 2주는 병원에 있었는데 또 1개월 병가를 준다고 하니 상당히 죄송스러웠다. 그러나 사내 복지 제도가 마음에 들었다. 진료 확인서에 그런 내용이 기재되어 있다고 해도 그냥 업무에 복귀하는 사람이 많을 텐데 오히려 직장에서 꼼꼼하게 챙겨 병가를 쓸 수 있게 허락해 준 것이 고마웠다. 나는 결국 한 달을 쉬었고, 병이 다 낫지 않고 발작이 심해져서 사직서를 제출했다. 사직서도 내 손으로 제출한 것이 아니라 담당자가 병원에 직접 찾아왔고, 출력해 온 사직서에 내 사인을 받아 대신 제출해 주셨다. 사직도 죄송스럽게 하게 되었다.

결국 그 회사에 복귀하지 못했지만 요즘엔 다른 곳도 복지 체계가 잘되어 있는 것으로 안다. 길게는 병가를 몇 년 쓸 수도 있다고 되어 있다. 아는 분도 1년 정도 병가를 쓰고 직장에 복귀했다. 안정된 직장, 지속적인 밥벌이가 있다는 건 얼마나 다행인가. 처음 입원해서 수납하러 갔을 때 청구된 병원비를 보며 내가 아직 직장에 붙어 있다는 것이 다행이라고 생각했다. 결국 한 달 천하로 끝났지만 말이다.

정규직 직원이 파트타임으로 업무의 형태를 변경하는 것도 봤다. 하루에 몇 시간씩 치료가 필요한 경우라면 그런 제도도 잘 활용하면 좋을 것이다. 매월 의료실비보험을 내는 곳이 있지만 공황장애는 해당 사항이 없었다. 결국 의료실비보험비 그대로, 공황장애 관련 병원비도 고스란히 내 돈 더 들여서 지불했다.

직장이 주는 안정감, 밥벌이가 필요한 상황이라면 사내 복지 체계를 잘 활용하기를 바란다. 뭘 자꾸 개정한다고 회의하고, 준비하기만 바빴던 지침들, 알고 보면 우리가 모르고 있던, 개정된 운영 지침과 규칙들 안에는 한 줄이라도 내게 도움이 될 만한 내용이 있을 것이다.

동정 말고 인정

"어떡해요, 빨리 낫기를 바랄게요, 오늘은 좀 괜찮아요? 힘들 텐데 할 수 있겠어요?"

내 책임의 일을 하는데 동정 어린 말투를 듣기 시작했다. 남들보다 열심히 하기 위해 늘 노력했다. 그러나 따라오는 말은 "공황장애도 있는데 일하느라 힘들었죠, 고생했어요."

업무에 좋은 성과를 얻어도 보통 이런 식이었다. 그러니 재미가 없었다. 같은 월급을 받고 같은 시간 일을 해서 업무를 마쳐도 혹시라도 내가 잘못한 부분이 있지 않을까 우려하며 야근까지 불사했는데 돌아오는 소리는 늘 그런 식. 맥이 빠졌다.

나는 인정받고 싶었다. 공황장애가 없었을 때도 언제나 직원으로서 회사에서 '당신 같은 인재가 필요했고 우리에게 큰 보탬이 되었다'는 인정 어린 말을 듣고 싶었다. 그 소리 듣기가 참 힘들었다. 열심히 스펙을 쌓았다. 언젠가는 회사에서도 나를 알아봐 주겠지 하며 누가 보든 보지 않든 불철주야 일했다. 회사에서뿐 아니라 일을 싸 가서 집에서도 했다. 그때는 일이 재미있었고, 또 일하며 얻어지는 보상들이 값졌다. 그런데 이제 그런 기회마저 없다고 생각하니 하늘이 무너지는 기분이었다. 이럴 줄 알았으면 일에 너무 매달리지 말고 취미 생활이나 내 삶을 살기 위해 노력할걸 너무 일만 붙잡고 살았다. 그깟 인정이 뭐라고 그거 하나 못 받는다고… 이렇게 무너져 내릴 줄은 몰랐다. 보통 직원들과 동등한 대우를 받기를 바랐다. 하지만 공황장애라는 이름표를 달고 난 후부터 더는 동등한 직원이 아니었다.

공황장애가 있다고 직장에 털어놓는 것은 동정을 바랐던 게 아니다. 회사를 속이고 일을 하는 것 같아 자존심이 허락지 않아 진실을 말한 것뿐이다. 또한 공황장애가 오면서 몸이 아프기 시작했고, 주변에서 어디 아픈지 걱정하는 소리를 들었기 때문에 병을 털어놓을 수밖에 없었다. 나는 동정이 아니라 인정이 필요했다.

나는 꾸준히 일하고 싶었다고요.

헤어짐으로 아픈가요,
당신은 당신과 헤어지지 말아요

공황장애는 여러 가지 요인으로 올 수 있다. 연인과의 만남과 숱한 이별에서도 공황은 올 수 있다. 처음엔 마음의 감기인 우울증을 동반하여 오기도 한다. 우울하면 이렇게까지 아플 수 있구나 난생처음 고통스럽기도 하다. 나는 너무 어릴 적부터 많은 것들과 이별해 보았다. 그렇지만 이별에 익숙해지지 않는다. 서로 약속해 둔 게 많은 사이일수록 그에 따른 상실감은 커진다.

나는 나와도 이별하려고 했다. 어렸을 때 엄마라는 존재가 부재해서 내 마음의 슬픔을 받아 줄 사람이 없었다. 그럴 때 곧잘 죽음을 떠올렸다. 그러나 억울했다. 이렇게 가 버리면 누가 날 위해 슬퍼해 줄까. 지금 힘든 대신 조금 밝은 미래가 기다리지 않을까. 내심 기대도 했다. 공황장애가 오고 나서도 연인과 만나고 헤어졌다. 그리고 당시의 헤어짐이 나 때문일 거라고 생각했다. 나는 사랑받지 못한 사람이야, 언제나 늘 그래 왔듯이 그래서 진정한 사랑을 하지 못하는 걸 거야. 결과를 과장되게 해석했다. 헤어짐은 더 큰 공황장애 발발 요인이 되었고, 미친 듯이 쓰렸다. 마음을 다스리고자 노력했다.

그나마 다행인 건 나와 헤어지지 않은 것이다. 그러니 이렇게 글도 쓸 수 있고 숨 쉬고 살아갈 수 있으니까 말이다. 아직 공황장애를 온전히 극복한 것은 아니지만 극복할 만한 가치가 있고 내 삶은 충분히 살아 볼 만하다고 느낀다.

힘들어도 당신은 당신과 헤어지지 말자. 나도 살아가고 있다.

언젠가는 죽습니다
살아 있는 것들을 충분히 사랑해 주세요

예전에 종영한 토크쇼에 강신주 씨가 나왔다. 김제
동이 말했다.

"사람에게 바라는 것도 이루고 싶은 것도 기대고 싶
은 것도 없고 고민도 없다. 얼마 전에는 누구의 눈치도
보지 않고, 사자 인형을 샀다."

그 말에 강신주가 답했다.

"살아 있는 것을 키워 보셨어요? 영원한 걸 사랑한다
는 건 어린이일 뿐, 성숙한 사람은 죽어 가는 것을 사랑
해요. 그래서 소중한 것이고요."

생물의 온기, 사람과의 만남, 살아 있는 동안 내가 살
아 있음을 매 순간 깨닫고, 살아서만이 할 수 있는 죽어
가는 것을 사랑하는 일. 무척이나 가치 있고 소중한 일
이라는 것을 깨달았다. 그리고 살아 있는 것을 사랑하
고 싶어졌다. 죽어 가는 것들에서 소중함을 느껴 보고

싶어졌다.

식물을 선물받았건만 한 번도 제대로 키워 보지 못하고 시들고, 결국엔 냄새가 나서 버리기 일쑤였다. 주변 사람들이 내게 반려동물을 키워 보라고 했을 때 나없는 동안 혼자 빈방에 있을 반려동물이 안쓰러워서싫다고 했다. 물론 평생 동물을 사랑해 줄 자신도 없다. 그땐 죽어 있는 시간은 누구에게나 있다고, 지금이 나에게는 그러한 때라고 생각하며 살았다. 그런데 그게아니었구나.

헤어지거나, 나를 떠날 수 있는 사람을 사랑하려는노력. 나를 시험에 들게 하는 가족들을 등 돌리지 않으려 안간힘 쓰기.

살아가는 시간을 무시하고, 죽어 가고 있다고 느끼며, 스스로가 초라하게만 느껴지는 나날들이었다. 영원하지 않다. 영원하지 않다는 것을 인정하기까지 긴시간이 걸렸다.

살아 있는 것을 사랑하자. 그게 내 인생의 큰 목표이자 꿈이다.

의도치 않은 이별,
그게 당신 탓이라고 생각하나요

맷데이먼, 로빈 윌리엄스가 나오는 영화 〈굿 윌 헌팅〉(1997)은 천재적인 두뇌를 가졌으나 자포자기의 삶을 살던 청년이 한 심리학 교수와의 만남을 통해 변모되어 가는 과정을 그렸다. 이 영화에서 내가 가장 명대사로 꼽는 것은 "It's not your fault."(네 잘못이 아니야)라는 말이다. 영화를 본 사람들은 이 대사에 많은 위로를 받았다.

자살한다고 말하고 행동에 옮기는 사람은 몇이나 될까. 난해한 다잉 메시지를 남기거나 말없이 행동으로 옮기는 사람들이 훨씬 더 무겁게 다가온다. 내 곁에 늘 있을 거라고 믿던 사람이 한순간에 사라졌을 때, 공허함과 사무치는 그리움이 밀려온다. 그가 자살이나 사고에 이르기까지 내몰았던 것 같은 미안함. 그럴 때 우리는 〈굿 윌 헌팅〉의 대사를 떠올린다. "네 잘못이 아니야." 만약 주변 사람들까지 자살이나 사고를 입은 사람의 감정에 휩싸이면 스스로 위태로운 상황을 만들 수 있다.

가족을 미워하되, 그것을 몸짓으로 옮기는 행위는 허용되지 않는 것과 같은 맥락이다. 의도치 않은 이별로 감정은 충분히 슬퍼하되 돌이킬 수 없는 행동으로 이어져서는 안 된다. 상담센터나 의사, 때로는 믿고 있는 신앙의 힘이 필요하다. 그건 혼자서 극복하기 너무 힘든 감정이다.

사람은 언제나 이별하게 된다. 그 이별이 조금 빨리 왔다고 생각하자. 아프면 아프다고 가족에게, 친구에게, 동료에게, 이웃에게 말하고 표현하자. 참으면 병이 된다. 가속된 불안은 마음의 병을 준다. 외상 후 스트레스 장애가 생기기도 하지만 불안은 공황장애를 가져오기도 한다. 의도치 않은 이별을 겪었다면 그 사람과 작별하는 시간이 필요하다.

의도치 않게 이별한 사람들에게 나도 이별을 겪어본 사람으로 위로를 전하고 싶다. 그러나 많은 책을 읽고 많은 영화를 보고 오랜 시간 상담을 해서 무언가 말해 주고 싶지만, 잘 풀어지지 않는다. 충분히 아파하고 충분히 힘들어하고 그리고 작별 인사를 고해 보자. 보내 주자.

"잘 가요."

'내'가 아니라 '내 병'에 대한 관심에 지칠 때

공황장애가 있다고 떠들고 다닌 건 아니지만 숨기며 어둡게 지내지도 않았다. 그러다 보니 주변에 공황장애와 관련하여 질문을 하는 이들이 많다.

"공황장애는 어떻게 하면 걸려요?"
"나는 은주 샘보다 더 힘들게 살았는데, 나는 왜 정신병이 안 생기죠?"
"어렸을 때 힘들게 살았어요?"
"알약 어떤 거 먹어요?"
"제 주변에 이런 사람이 있는데요, 이런저런 어쩌구저쩌구… 이것도 공황장애예요?"

조심스럽게 물어보는 분들에게는 다정하게 내 공황 관련 얘기를 해 줬다. 공황장애와 관련하여 이 글을 쓰고 있는 지금도, 나는 공황을 겪는 사람에게, 불안한 누군가에게 전하고 싶었던 것들이 있으니까. 그러나 일면식도 없고 라포르(rapport)가 형성된 관계도 아닌데 다짜고짜 공황장애 걸린 사람 처음 본다며 왜 걸렸냐고 물어보면 입 다물고 몸과 마음으로 한숨을 깊이 쉬는 내 개인기가 나온다. 다문 입에서는 말이 터져 나올 것 같다. '무례하시네요.' 지친 기색으로 그 질문에 나도 물음표로 대답한다. "글쎄요?" 받아치며 당당한 걸음으로 퇴장한다.

다양한 질문에 대한 내 대답은 주로 이렇다.

"저는 의사가 아니기에 의심 증세가 보이면 병원에 가세요. 진짜 불안은 마음이 아니라 몸일 수도 있으니까. 아프기 시작했을 때 통증들 잘 생각하고 검사 받아보세요."

"어렸을 때 힘들게 살고, 힘들지 않게 살고의 정의는 무엇인가요? 내게 공황발작 트리거가 된 건 직장 스트레스인데, 뭐가 문제일까요? 심리학자가 보는 시선, 과학자가 보는 시선, 의사가 보는 시선, 종교적으로 보는 시선이 다를 텐데 어느 전문가의 명맥을 잇는 심리적

이론에 근거하여 언제까지 유년 시절 결핍만 말할 건
가요?"

"알약 동그란 거 먹어요."

"공황장애 관련되어 궁금한 거 있으시면 이런 책
은 어떠세요? 제가 이번에 공황장애 관련 책을 쓰는데
요…."

공황장애를 가지게 되었을 때 1차로 아프다면, 공황
장애와 관련된 사람들의 말들로 2차로 아프다.

한 아이에게 엄마가 좋아 아빠가 좋아 물었을 때 돌
아온 대답은 '할머니가 좋아'였다.

물음의 선택지에는 없었지만 틀린 대답이란 없고,
거짓이 아니다.

내 이름은 최은주. 내 이름이 공황장애가 아니다. 조
금은 조심스럽게 다가오고, 조심스럽게 물어봐 주면
좋겠다.

나는 내가 제일 좋다.

마음을 들여다보세요

공황장애 8년 차, 3개월에 한 번 공황장애 약을 타러
주치의를 찾아갔다.

그동안 지하철도 타고, 버스도 타고, 또 새로운 통증
의 원인을 찾기 위해 MRI 기계에도 들어가 보고, 한의
원이나 신경과 등 여러 곳을 다녀왔다고 말했다. 특히
내 감정에 대한 얘기를 자주 했다. 주치의가 말했다.

"은주 씨, 이제 하고 싶은 거 다 하고 살아요. 은주 씨,
공황도 어쩌면 몸과 마음이 예민하다는 거고, 이것저
것 살면서 예민함에 몸이 반응할 때도 있잖아요. 이번
에도 그렇구나… 생각하며 넘어가길 바라요. 충분히
잘하고 있어요."

또 몇 번의 대화를 주고받고 마무리 인사를 할 때 주
치의가 말했다.

"은주 씨, 마음을 들여다봐 주세요. 하고 싶은 거 다 하고 살아요. 더 좋아질 가능성이 굉장히 많아요. 지금처럼 취침 전 한 번 약 복용 변한 거 없고요. 3개월 후에 뵙죠."

그렇게 병원을 내원한 후 '마음'에 대한 생각을 많이 했다. 4개월 가까이 어떠한 이상 증세로 힘들어했으나, 병원을 내원하고 일주일 후 증상이 사라졌다. 원인은 마음이었을까? 정말로 어디가 아파서 불안이 올라왔던 것일까? 그것은 독자의 상상에 맡긴다.

많이 울었다. 과거의 내가 안쓰러운 것도 아니고 직장 생활을 하며 스트레스 받던 나 때문도 아니다. 그저 지금의 내가 아직도 내 마음을 들여다보는 게 서툴러서, 알아주지 못한 마음과 나에게 미안했다. 이게 뭔 개똥 같은 소리인가 싶지만 자유를 얻은 도비의 마음을 알겠다.

내 마음에게 자주 물어보자.
괜찮아? 그럼 고(Go).

안 괜찮아? 그럼 쉬어.

살아가는 데 있어서 몸이 쉬지 않고 일한다고 생각했는데, 마음 또한 그러했음을 조금 더 들여다보자.

먹고사는 데 빚을 졌다

할머니, 아버지와 오랜만에 식사를 하다가 동네 사람 얘기를 들었다. 도박? 아니면 주식을 했나? 가게를 차렸다가 형편이 어려워진 건가? 코로나 때문인가? 별별 질문을 쏟아낼 때 할머니께서 말씀하셨다.

"먹고사는 데 빚을 졌어."

그 말에 숟가락인가 젓가락을 내려놓지 못하고, 어중간하게 일시 정지.

'먹고사는 데 빚을 졌다.'

현실에게 한 방 맞은 것 같았다. 타격감이 꽤 컸다. 계속 되뇌었더니 아버지도 말씀하셨다.

"먹고사는 데 빚을 지는 거… 다들 그렇게 살아."

몇 개월 전 누군가 만나러 낯선 지역에 다녀왔다. 맛집이라고 소문난 곳을 검색하고 운영 시간에 맞춰 가게 앞을 찾아갔다. 문은 닫혀 있었고 이런 글이 적힌 팻 말을 보았다.

"휴점 공지. 지속적 원가 상승과 코로나19의 장기화에 따라 누적 손실 부담으로 한동안 휴무 예정입니다. 사랑하는 고객 여러분 미안합니다."

가게를 열고 닫는 것을 바라보는 것만으로도 마음이 무거웠다. '먹고사는 데 빚을 졌다'는 할머니의 목소리가 귀에 울리는 듯 숟가락인가 젓가락을 내려놓지 못하고 어중간하게 일시 정지했던 것과 마찬가지로 닫힌 가게 앞에서 몇 분 동안 어찌할 바를 몰랐다. 먹먹함이 느껴진다. 닫힌 문과 휴점 공지에서, 언제까지 휴점이라고 정해지지 않은 그 글귀에 목과 눈이 뜨거워졌다.

"청춘까지 뺏은 현재 탓할 곳은 어디 없네"《회전목마》라는 노래 가사처럼 일상이 너무 퍽퍽하다. 열심히 한다고 잘살 수 있는 시대도 사라진 지 오래다. 뭘 어떻게 살아야 하는지 답답할 때가 많다. 그럴 때마다 떠올리는 건 동시대를 살아가는 사람들의 이야기다. 눈물을 삼키듯 더운밥을 삼키는 날이 많지만, 현 시대를 살아가는 모든 사람들과 오늘을 산다는 것… 그래도 그게 힘이 된다.

꼭 말해 주고 싶다. 내가 그러했듯이.

"당신, 오늘도 수고했어요."

나는 나를 용서한다

지난해 인권영화제에 출품된 단편영화를 보다가 제목 보고 울고, 보면서 울고, 잠들기 전에도 울고, 꿈에서도 울었던 것 같다. 오랜 시간 큰 울림이 있었고, 나 또한 나를 마주하게 되었다. 영화에서 용서를 누군가에게 받아야 하는데, 왜 본인이 본인을 용서해야 하는 것인지 화가 났다. 스피커와 마이크를 들고, 스스로 꾹꾹 써 내려간 마음들을 읽으며 나 또한 나를 용서하고 싶어졌다. "네 잘못이 아니야"라고 자주 읊조리며 위안했지만, 어찌 보면 나를 해치려고 했던 것도 나 자신 아닌가. 스스로도 용서에 대한 용기가 필요했다.

단편영화 속 인물은 백 번씩 '나는 몸과 마음이 건강해졌다'고 빼곡히 적은 노트를 보여 주었다. 내려놓고 받아들인다는 것. 많이 어렵겠지만 나 또한 내 몸과 마음이 건강해지기를 바라며, 영화 속 마이크를 들었던

누군가처럼 이 지면에서 열 번 정도는 용기 내어 적어
보고 싶었다.

오롯이 나에게 하는 말이다.

1. 나는 나를 용서한다
2. 나는 나를 용서한다
3. 나는 나를 용서한다
4. 나는 나를 용서한다
5. 나는 나를 용서한다
6. 나는 나를 용서한다
7. 나는 나를 용서한다
8. 나는 나를 용서한다
9. 나는 나를 용서한다
10. 나는 나를 용서한다

3장

공황장애 마주하기

호흡(바이오피드백)

공황장애 예기 불안이나 발작이 오면 의료진이나 공황장애에 대해 아는 분들은 호흡에 신경 쓰게끔 한다. 호흡을 조절해야 하는 이유는 몇 가지 있다. 위험하다고 느끼고 두려워하게 되는 요인을 제거하기 위함이 첫 번째요, 공황발작 때 나타나는 증상을 감소시키기 위함이 두 번째, 긴장도를 감소시키고 예기 불안 및 그 결과로 공황발작을 경험하게 되는 악순환을 중지하기 위해서가 세 번째다.

병원에 입원하거나 내원하게 되면 공황장애 환자들은 바이오피드백이라는 호흡법을 배운다. 인터넷을 검색하거나 공황장애 관련 책들을 살펴보면서 따라 해 볼 수 있다. 호흡이 굉장히 중요하기 때문에 병원에서 비용을 지불하고 배워 보았으면 좋겠다. 내가 하는 호흡법이 무엇이 잘못되었는지 파악할 수 있고 제대로 된 호흡 습관을 익힐 수 있다.

호흡 훈련을 반복하다 보면 '아, 내가 그 돈 주고 고작 이걸 배우려고 왔나' 하는 실망스러움이 들 때도 있다. 그러나 막상 호흡 훈련이 시작되면 생각보다 쉽게 되지 않는다. 반복하고 몸으로 익히는 것이 중요하다. 막상 공황발작이 오면 호흡 훈련했던 것을 쉽사리 놓치고 만다. 하지만 이것보다 중요한 것은 없다. 그러니까 연습하자.

연습이 자연스러워지면 점진적인 근육 이완법을 진행한다. 몇 개의 근육군을 일부러 긴장시켰다가 이완하는 훈련이다. 예를 들어 팔꿈치 아래 근육군을 10초간 긴장시키고, 20초 동안 이완시킨다. 모든 활동에 집중해야 한다. 배, 눈, 이마, 복부 등 근육군을 긴장시키고 이완하는 훈련을 하다 보면 이완할 때 편안해지는 감정을 느끼게 된다. 또한 관심을 다른 데로 돌리다 보면 그것에 집중하느라 공황이 달아난다. 처음에는 어렵다.

개인적으로 점진적 근육 이완 훈련이 어려웠다. 다양한 근육들을 긴장시키려 하다 보면 갑작스레 예기불안이 몰려왔다. 느닷없다. 아니, 병이 나으려고 하는 훈련인데 훈련하다가 불안이 오는 것이다. 그러므로 처음 훈련을 시작할 때 조용한 장소에서 편안한 자세로 임하기를 바란다. 연습하다가 예기 불안이 왔을 때 공황을 일으키면, 대처해 줄 수 있는 모든 환경이 갖추어져 있기 때문에 병원에서 받는 바이오피드백을 추천한다.

　얼마나 기쁠까, 숨이 가쁘고 답답하며 불안할 때 배워 둔 바이오피드백 호흡법 하나로 내 몸이 자연스럽게 편안한 기분이 들고 제 숨으로 돌아온다면. 이런 좋은 경험들로 삶이 조금씩 채워져서 공황을 떨쳐냈으면 좋겠다. 상상만으로도 즐겁다.

명상하기

명상하기가 공황장애에 무슨 도움이 되는지 의문이었다. 처음 명상을 접했을 때 명상은 보조적인 것일 뿐 내게 도움이 되는 부분은 적다고 판단했다.

명상은 공황장애 1, 2년 차에 불안을 다스리기 위해 해 보라고 전한 방법이다. 마음을 자연스럽게 안으로 몰입시켜 정화하는 데 필요한 것이었다. 명상을 접하는 방법도 여러 가지다. 음악, 책, 직접 찾아가는 명상센터, 마음 챙김 도움이 되는 요가도 해 보라고 했다.

명상할 때 좋은 점은 수만 가지이다. 그러나 내 경우 명상을 하지 못했다. 조용한 순간, 만들어진 분위기, 나와 다른 타인과 함께하는 모임 속에서 불안을 느꼈다. 내 경우 결과적으로 명상 초기의 분위기를 넘기지 못했으며, 정화되고 집중하는 기분을 깊게 받아 보지 못했다. 하지만 아침에 일어나서 10분, 잠들기 전 10분, 조용한 분위기를 만들고 아무 생각 하지 않고 명상해 볼 것을 권한다. 익숙하지 않기에 초반에는 자주 다른 생각들이 넘실대지만 명상하는 과정 자체가 마음을 맑게 해 준다. 그리고 스마트폰 앱이나 유튜브 동영상을 살펴보고 본인에게 맞는 주제를 찾아 활용해서 도움을 받았으면 좋겠다.

공황장애 8년 차, 마을주민센터에서 요가를 다녔고, 숨 쉬는 것만 10분, 20분 넘게 했던 적이 있다. 마스크로 인해 답답하고, 같이 있던 회원들의 온도는 싸늘했고, 나는 땀이 나고 숨이 찼다. 서로의 간극을 맞추기 위한 시간도 없이 코로나 시국에서 사회적 거리 두기가 시행되면서 요가를 오래 지속하지 못했다. 그러나 일단 시작을 했기에 숨을 제대로 쉬어 보고 노력했던 경험이 소중하다. 역시, 해 보길 잘했어!!

감사일기 쓰기

병원에서 주치의가 감사일기를 쓰라고 했을 때 명상하기보다 더 이해가 되지 않았다. 나는 공황장애가 있고 하루하루 불안 속에 떨면서 살고 오늘 발작이 일어나지 않으면 내일 발작이 일어나리라는 생각에 겁이 나는데 무엇에 감사하란 말이냐. 감사 노트를 만들어서 써 보라고 하니, 얼마나 오글거리는 노트인가. 그러다가 다른 사람들이 감사일기를 쓴 것을 보고는 생각하기 나름이라는 것을 알 수 있었다.

하루를 선물받은 것에 감사합니다.
먹고 싶은 음식을 먹을 수 있게 됨에 감사합니다.
주제는 다양했다.

일주일 정도 핸드폰 앱을 따라서 매일 일기를 쓰다 보니 이야깃거리가 바닥났다. 감성이 메말라서인지 더 이상 무엇에 감사해야 할지 몰라서 다른 사람이 쓴 글을 커닝까지 해서 채워 넣었다. 그러다가 이건 해도 안 해도 그만인 일기가 되지 않나 싶어서 방법을 바꿨다.

병원에 입원 중일 때, 같은 병실을 쓰던 분 중에 의사의 권유로 감사일기를 쓰는 이가 있었다. 그분과 퇴원 시기도 비슷했다. 퇴원 후 각자의 집에서 매일 오후 8시, 서로에게 감사한 단어 세 가지를 써서 보내기로 했다. 스마트폰 앱을 쓸 때와는 다르게 의무적으로 다가오지 않았고 마음이 편해졌다.

'설렘, 봄, 감사함, 편안함, 행복, 따뜻함, 즐거움' 같은 단어들을 주고받았다. 사람이 소중하게 다가왔다. 자연에 감사함을 느꼈다. 매사에 행복을 찾는 일에 집중하게 되었다.

세상을 잿빛으로 보았던 예전의 내가 더 이상 아니었다. 세상이 총천연색으로 물든 아름다움으로 다가왔다. 그리고 공황장애 7년 차에 감사일기 쓰기를 주제로 한 공모전에 글을 냈고, 상장과 상금도 받게 되었다. 내가 몰랐던 것뿐이지 세상은 감사할 일투성이고, 나 이외에 많은 사람들도 그 감사함을 채우고 있음에 놀랐다.

오늘 하루는 이런 숙제를 내주신 주치의에게 감사함을 전한다.

약물치료

공황장애 1년 차, 병명을 알기 전까지 많은 병원을 '투어'했다. 도대체 내 병명이 무엇인지… 죽을 것처럼 고통받았다. 신경외과, 내과, 이비인후과 등을 다녀도 각자 다른 병명을 내게 던져 주고 약을 먹어 보라고만 했다. 약에 적응하기까지 시간이 몇 주 필요하다는 것을 알고 아파도 며칠, 몇 주를 참고 약을 먹었다. 그러나 증상은 나아지지 않았다. 지금은 그때 정신과로 가 보라고 했던 신경과 의사 선생님에게 절을 하고 싶을 만큼 감사하다. 여러 과를 돌아다니다 정신과로 갔을 때야 내가 가진 병이 공황장애임을 알게 되었다.

공황 1~2년 차, 직장 생활을 하며 일주일에 두세 번 병원을 찾았다. 오래전부터 앓고 있던 조울증이 있었기에 공황과 조울증 약을 복합적으로 복용했다. 아침, 점심, 저녁 하루에 세 번의 약을 먹었고 자주 약을 바꿨다. 직장 내 스트레스를 받는 요인이 있었고, 늘 괴로워하며 약을 세게 지어 먹었다. 의사 선생님을 자주 뵙고, 약을 먹은 후 상태를 말하고, 힘든 일들을 토로했다. 그 당시 의사는 퇴사를 권유했는데, 결국 퇴사하고 다른 직장으로 옮겼다. 새로운 직장을 얻게 된 지 한 달 반도 되지 않아 공황이 세차게 몰아쳤다. 공황장애 3년 차, 예기 불안이 있었으나 발작이 온 것은 처음이었다. 회사 내에서 공황발작을 보이고 모든 사람들이 보는 앞에서 쓸쓸히 퇴장했다. 그리고 병원에 입원했다.

공황장애 3년 차, 병의 골이 깊어져서 입원까지 하며 약을 맞춰 나갔다. 그때도 매일 주치의와 상담했고 약을 먹는 시간마다 간호사가 개인 약을 가져다줬다. 먹으면 낫겠거니 하고 복용했다. 폐쇄 병동에선 비상 시에만 누르라고 내게 빨간 버튼도 쥐어 줬다. 이때는 삶에 대한 의욕이 별로 없었다. 공황장애는 나를 세상에서 필요 없는 인간으로 만들었고, 조울증은 나를 벼랑 끝으로 내몰았다. 너무 힘들어서 6개월 동안 네 차례 병원에 입원했다. 내 마음도 조급해졌고 공황장애가 나아지지 않으니 지쳤다. 그래서 병원을 옮겼다.

공황장애 4년 차, 병원을 옮기고 약을 전면적으로 다 바꾸었다. 약을 바꾸고 나서 또 몇 주 동안 적응 기간이 필요했고 온몸이 떨리는 증상이 왔지만 웃으며 넘겨 보려고 애썼다. 그 무렵 아버지께 이런 질문을 했다.

"아버지 왜 사세요?"

아버지는 대답하지 않았다. 조용히 한숨만 쉬셨다. 나는 너무 궁금해서 주치의에게 물어봤다.

"선생님, 왜 사세요?"

그다음 대답이 명쾌했다.

"기분이 좋아지는 약을 넣어 드릴게요."

그렇게 약을 조절했다.

예전처럼 하루에 세 번 약을 복용하는 게 아니라 잠들기 전 한 번만 약을 먹었다. 처음엔 약을 줄이는 게 불안했다. 하루에 세 번 약을 먹어도 불안하고 또 불안해 죽겠는데 이렇게 약을 줄이는 게 말이 되나. 위급할 때 먹는 비상약도 받았다. 비상약은 공황발작이 오는 것을 막아 주고 예기 불안에서 멈출 수 있도록 도와줬다. 물론 이미 불안이 시작되고 나서 먹으면 효과를 발휘하지 못하여 응급실을 찾아가 주사를 맞아야 진정이 되었다.

공황장애 5년 차, 공황발작이 시작되고 나서 병원에 가는 빈도는 일주일에 두 번이었다. 한 달에 한 번, 두 달에 한 번, 이제 석 달에 한 번 내원하게 되었다. 그만큼 공황장애가 많이 나은 것일 수 있고, 나 스스로 안정기에 들어왔다고 볼 수 있다. 공황이 왜 하필 나에게 와서 이렇게 힘든 일을 겪어야 하는지 속상할 때가 한두 번이 아니다. 약물치료를 받으며 지내 온 날들이 꿈처럼 여겨진다. 내가 어떻게 그런 과정들을 거쳐서 지금처럼 안정기에 들어섰을까 하고 말이다. 꿈이 아니길 바란다.

공황장애 6년 차, 매일 한 번, 취침 전에만 먹던 알약 네 알을 세 알로 줄이고자 시도했고, 실패했다. 공황장애 7년 차, 매일 한 번, 취침 전에만 먹던 알약 네 알을 세 알로 감약하는 데 성공했다. 그리고 공황장애 9년 차 지금까지 매일 한 번, 취침 전 알약 세 개, 그리고 비상약만 복용한다. 어떤 약을 복용했는지 구체적으로 쓰지 않은 건 상황과 증세에 따라 약은 달라질 수 있기 때문이다.

약을 의심하기보다, 스스로를 믿으며 효과를 볼 때

까지 꾸준히 약을 복용하기 바란다. 처음에는 약에 나를 맞추느라 너무 힘들었는데, 이제는 내게 약이 맞춰지는 기분이다. 지금이 너무 좋다.

내 인생의 배경음악이 흐르는 산책

서울에서 자취하며 직장에 다닐 때 자취방에서 도보 10분 거리에 지하철, 극장, 마트, 편의점이 있었다. 배달 음식도 마음껏 시켜 먹을 수 있어서 돈이 없어서 못 사 먹을 수는 있지만 구하기 힘들어서 못 사 먹는 경우는 없었다. 그러나 시골로 이사 오면서 절망했다. 그 좋아하는 햄버거 가게도 없고(2018년 12월 기준, 패스트푸드점 오픈했으나 1년 채우지 못하고 사라짐), 극장도 없어서 문화 생활을 할 수 있는 공간이 존재하지 않는다. 오로지 보이는 것은 강과 산뿐이다. 다른 사람들은 그런 풍경에서 살아서 좋겠다고 나를 부러워한다. 하지만 나는 아버지가 원망스러웠다. 왜 이런 시골이 좋다고 하는지 이해되지 않았다.

두물머리에서 살기 시작한 지 2년 차가 되면서 차츰 자연이 보이기 시작했다. 아팠을 때는 나가서 돌아다니는 것도 힘에 부치고, 내가 아픈 게 들통날까 봐 창피했다. 10분 걷고 발걸음을 돌리고, 30분, 40분. 이제는 1시간 10분 정도 두물머리 둘레길을 따라 걸으며 적당하게 산책하고 들어온다. 이만큼 걸을 수 있을 정도로 체력이 버텨 줘서 고맙고, 이렇게 좋은 풍경들을 보고 걸을 수 있다는 사실이 즐겁다. 봄, 여름, 가을, 겨울 사계절을 곁에서 가까이 느낄 수 있고 꽃들의 향연, 시간의 흐름에 따라 해가 뜨고 지는 것이 아름답다. 때가 되면 고니가 오고, 비가 올 때쯤 개구리 소리, 여름엔 매미 소리가 귀 따갑게 들리지 않고 경쾌하게 들린다. 갑자기 툭 튀어나와 사라지는 고라니도 반갑고, 무리 지어 지나가는 오리들은 이곳의 주인이다. 자연과 함께해서 기분이 좋다. 식물이나 꽃을 키우면 잘 죽이는 편인데, 자연에서 피는 꽃들은 때마다 잘 피고 어쩜 이렇게 색감도 다채로운지 신기하다.

두물머리는 산책하려고 마음먹으면 좋은 곳들이 널렸다. 봄에는 어디를 가도 다 예쁘다. 봄꽃이 만연하다. 여름이면 두물머리 세미원에 연꽃이 피어 관광객의 시선을 끈다. 가을에는 남양주 '물의 정원' 따라서 코스모

스피어 있는 걸 보러 가고, 북한강 옛날 철교를 따라 걷는 일도 잦다. 자전거를 탈 줄 알면 자전거 코스로도 딱이다. 예전에는 자전거를 탔었지만 공황이 오고 나서부터는 무서워서 못 탄다. 그렇지만 언젠가는 강바람을 맞으며 자전거로 씽씽 달려 볼 것이다. 그러기에 최적의 조건이다.

산책과 걷기를 생활화하면 없던 에너지도 생긴다. 햇빛을 받으며 걸으면 체내에 좋은 성분들이 마구 솟아난다. 공짜로 이 좋은 것들을 얻을 수 있는데 왜 난 그동안 모르고 살았을까. 그래서 자연과 일상의 소중함을 알고 살라고 이런 병에 걸린 건가 생각되기도 한다. 지금 있는 곳에서 승용차를 타면 서울까지 20~30분 정도 소요된다. 어쩌다가 지인들을 만나러 서울에 가면 많은 사람과 빼곡한 건물들에 더 답답하다. 그런 건물들만 바라보다가 차창 밖으로 자연 경관이 펼쳐지면 나도 모르게 숨을 한껏 들이마신다.

몇 년 전만 해도 시골로 온 아버지가 미웠는데 이제는 아버지보다 내가 더 이곳을 사랑한다. 서울에 살면서도 걷는 시간은 즐거웠다. 직장에서 점심을 일찍 먹고 공원 한 바퀴를 돌면 상쾌했다. 직장에서 집까지 걸어가는 길에 보는 풍경들은 늘 새로웠다. 그땐 늘 이어폰을 낀 채 음악을 들으며 걸었다. 지금은 옷 주머니에 넣어 두는 때가 많다. 내 인생의 배경음악은 이어폰에서 나오는 것이 아니라 자연에서 나온다는 것을 알았으니까.

산책을 생활화해 보자. 한껏 우울해 있다가도 어느새 웃고 있는 나를 발견한다. 그 웃음도 공짜다.

인지행동치료

　사회복지학 석사를 마치고 정신장애인을 대상으로 논문을 쓰면서 다양한 심리·사회적 이론들을 접해 보았다. 그중에서도 인지행동이론은 배웠으나, 그것을 바탕으로 스스로에게 치료 기법을 적용해 본 것은 처음이었다.

　병원에 입원했을 때, 병실 캐비닛에 여행 다녔던 사진을 붙여 놓았다. 네 컷의 사진은 하나같이 해맑게 웃고 있었다. 매일 병실에 출입하던 간호사 한 분이 내 사진을 유심히 살펴보았다. 그동안 어둡고 후줄근한 모습만 보았는데 사진 속 웃고 있는 내 모습이 너무 좋아 보인다고 했다. 그리고 그 간호사 선생님이 나를 대상으로 인지행동치료를 의뢰했다. 이름만 들어 보았던 인지행동치료였지만 '치료'라는 말의 힘에 이끌려 일단 받아 두면 좋을 것 같아서 해 보겠다고 말했다. 그렇게 2주간 인지행동치료가 시작되었다. 사실 내 마음을 오픈하는 일은 쉬운 게 아녔다. 그러나 치료 세팅에 들어서니 또다시 내 생애사를 얘기해야만 했다. 그게 힘겨웠지만 또다시 나를 드러냈다.

몇 회기 치료를 받고 나서 나는 인지행동치료를 받는 시간이 그리워졌다. 빨리 그 시간이 오기를 바랐고 간호사 선생님과 또 많은 이야기를 하고 싶었다. 선생님은 다양한 기법들로 나의 마음을 꺼내게 했고, 치유할 수 있도록 도와주었다. 몇 주 시간이 흐르고 종결 시점이 되었을 때 기간이 짧은 것 같아서 아쉬웠고 내 만족 점수는 10점 만점에 10점이었다.

하고 보니 인지행동치료도 아주 무거운 것이 아니라는 생각이 들었다. 나에 대한 많은 것을 포장하지 않고 있는 그대로의 모습을 보이는 점이 좋았다. 그리고 기쁨의 눈물을 흘렸다. 물론 2주밖에 활동을 못 했지만 다시 한 번 받아 보고 싶다. 치료에 들어갈 때마다 나를 진심으로 대해 주었고, 눈빛으로도 공감을 느낄 수 있었던 간호사 선생님. 그 진심이 닿아서 감사했습니다.

심리상담

'나'라는 사람의 생애사와 마음에 담긴 이야기를 털어놓고 상담받는 게 쉽지는 않다. 내 경우 개인 심리상담센터를 찾아간 것이 아니라 입원했을 때 심리상담사가 직접 찾아와서 매일같이 상담을 진행했다. 폐쇄 병동 안에 있는 상담실에서 심리상담사 한 사람과 내가 마주 앉아 진행하는 방식이었다. 갇힌 곳에서 내 스스로가 병자라는 억압된 마음을 벗어낼 수 없어서 그분을 받아들이기가 무척 힘들었다. 어찌 된 일인지 내가 말을 해야만 알아먹는 건지 시도 때도 없이 과거를 물어봤고 왜 공황장애가 왔는지 생각해 보라고 했다. 내가 그걸 알면 이러고 있을까. 병원을 차렸지, 아니면 병이 나았겠지, 마음이 아파서 온 병인데 거기다 대고 찌르고 또 찌르는 말뿐이었다.

심리상담을 하면서 개인적으로 좋은 기억이 없다.

내 말만 늘어놨지, 그에 대한 피드백도 없고 심리상담사는 물어보고 메모만 할 뿐 나에게 말 한마디 따뜻하게 해 준 게 없다. 심리상담을 마치는 날, 나는 심리상담사에게 눈물을 보이며 말했다. 나 이제 어떻게 해야 하냐고. 담당의는 심리상담을 받고 나면 조금 괜찮아질 거라고 했는데 내 말만 늘어놨지 얻은 게 하나도 없었다. 그때까지 믿고 상담을 했던 게 화가 났지만 더 이상의 주고받는 말 없이 상담사는 회기 종결. 그게 끝이었다.

내 경우와는 달리 병실 2인실에서 같이 방을 썼던 환자분은 퇴원 후에도 병원과 심리상담센터를 찾으며 지속적으로 상담을 받았다. 개인 및 집단 심리상담을 모두 받았고, 내게도 좋다며 권유했다. 그러나 내 경험상 심리상담이 좋지 않았고 더는 내 마음을 얘기하고 싶지 않았다. 마음이 닫혔다. 그렇다고 치료를 포기한 게 아니다. 나에게 더 맞는 다른 치료법들을 활용하면 된다. 심리상담에서 좋은 경험을 하지 못했지만, 그렇기에 더 잘해 보고 싶고 나아지고 싶은 마음은 늘 존재한다.

직면하기(노출하기)

공황장애를 겪으며 결국엔 스스로 해내야 하는 게 바로 이 작업이 아닐까. 공황발작의 원인이 되었던 상황과 마주하기, 노출하기 그리고 견디어내기. 지금까지 개인적으로 직면했던 경험이 없는 줄 알았으나 또다시 살펴보니 일상 자체가 직면의 순간들이었다. 두 가지 정도 내 경험담을 나누고자 한다.

첫 번째로 직면하기 시도를 했던 것은 바로 음식이다. 공황장애 3년 차, 병원에 입원했을 때 어느 날부터 음식을 먹기만 하면 구토를 했다. 평상시에도 잘 먹어서 표준 체중을 넘어서는 나인데, 음식이 안 넘어가는 것은 세상 큰일이었다. 음식을 간신히 삼키다가도 속이 불편해져 손가락을 목구멍에 넣어 일부러 구토를 시작했다. 처음에는 소화가 안 되어 약의 힘을 빌렸다. 간호사에게 자체적으로 체내 소화가 안 된다고 말하고 소화제를 지어 먹었다. 음식과 관련된 불편함은 당장 먹고살아야 하는 일이기 때문에 다른 어떤 점들보다 빨리 직면하는 시간을 가져야 했다.

　우선 2주가량 죽을 먹었다. 죽도 원래 쌀알로 만들어 진 게 맞나 싶을 정도로 묽은 죽을 먹었다. 그런데 죽을 먹으면서도 구역질을 심하게 했다. 그 후론 이온 음료 를 마셨다. 그리고 과일을 조금씩 먹었다. 어느 순간 퇴 원을 하고 집에서 국에 밥을 말아 먹었다. 구토는 하루 세 번 하다가 하루 한 번으로 횟수가 줄어들었고 마지 막 단계로 밥을 질게 해서 먹었다. 쌀을 안칠 때부터 물 의 양을 많이 해서 진밥을 했다. 이게 밥인지 죽인지 헷 갈릴 정도였지만 그제야 제대로 된 음식을 먹을 수 있 었다. 그 후로 천천히 밥을 먹기 시작했고 내가 언제 밥 을 못 먹었었나 싶을 정도로 잘 챙겨서 먹고 있다. 밥을 못 넘길 때 예민하게 굴지 않았고 주위에서도 구토해 도 무관심하게 받아들여 줬던 것이 약이 된 듯 밥을 다 시 먹으며 웃게 되었다.

두 번째로는 현재도 진행 중인 노출 훈련, 전철 타기이다. 아버지와 나는 놀이를 즐기는 것처럼 전철 타는 훈련을 하기로 했다. 집에서 가장 가까운 역은 경의·중앙선이 지나는 '양수역'이다. 첫날 우리의 목표는 양수역 휴게실에 가서 잠시 앉아 있다가 오기였다. 전철이 올 때마다 심장이 빨리 뛰고 불안한 감정이 있었지만 여러 차례 휴게실까지만 있다가 집으로 돌아오니 마음이 편해졌다. 지금 사는 동네에서는 전철이 지나가는 것이 훤히 보인다. 지나가는 열차를 자주 보는 것도 도움이 되었다.

양평에서 장이 서는 날, 아버지와 나는 가방을 메고 양수역에서 양평역까지 전철을 타고 다녀오기로 했다. 일단 가는 것은 전철, 돌아오는 것은 택시로 말이다. 전철로 다섯 정거장 정도를 가는 거리였는데 우선 전철을 타기 전 비상약을 먹고 혹시 몰라서 생수 한 통과 비상약을 준비했다. 전철이 멀리서 다가오고, 약간 두려워져 아버지의 손을 잡았다. 아버지는 웃으며 평상시처럼 대해 주셨고 드디어 전철을 타게 되었다. 주변 사람들이 소란스럽지 않아서 다행이다 싶었고 빈자리가 많았기에 앉아서 양평역까지 별일 없이 도착할 수 있었다. 장을 가볍게 보고 원래 돌아가는 길은 택시를 이용하기로 했으나, 자신감이 붙어서 전철을 타고 다시 양수역으로 왔다. 양수역에 내려서부터는 아버지 차로 집에 도착했다. 해냈다는 성취감과 뿌듯함이 가득 밀려왔다. 이런 컨디션이면 나 혼자 전철을 타도 되겠다고 말하며 자신감을 표현했다.

다음 목표는 서울로 가는 방향 전철 타기였다. 왕십리역에서 약속이 있었고 경의·중앙선 역이 한 번에 데려다줬다. 서울로 가는 방향은 사람이 많았다. 앉아서 가지는 못했지만 아버지의 손을 잡고 두려움을 떨쳐냈다. 물론 출퇴근 시간은 피했고, 비상약도 먹고 보호자와 함께 직면하기를 했기에 가능한 일이었다. 다시 집으로 돌아오는 길은 택시를 이용했다.

아직도 출퇴근 시간에는 전철을 이용하지 못한다. 사람이 많으면 변수가 많아서 감당해낼 자신이 없다. 그 후로 전철 혼자 타기 시도를 꽤 했고, 또 여러 번 응급실에 실려 갔다. 그래도 나만의 노력은 계속되었다. 시골에서 살다 보니 전철 탈 일이 별로 없다. 그래서 자연적으로 전철 타기 연습하는 기회도 없어졌다. 또한 코로나 이후 전철을 타는 것에 대한 두려움이 더 커졌고, 이 또한 다시 직면해야 할 점이다.

　전철을 타고 공황이 온다고 해서 두려워할 일만은 아니다. 예기 불안이 왔을 때 혼자 이겨내는 법도 배웠기 때문이다. 혼자서 예기 불안을 떨쳐냈을 때 그 성취감은 정말로 크다. 물론 그렇게 되기까지 시간은 필요하다. 또다시 놀이하듯 받아들이며 재미나게 노출 훈련을 할 것이다. 직면을 두려워하면 두려움엔 끝이 없다. 결국엔 공황장애를 핑계로 직면 또한 멀어지게 된다. 언젠가는 마주해야 하는 것이라면 노는 것처럼 온갖 대비를 다 해 보고 도전하기를 바란다.

개인적 활동
(종이접기, 퀼트, 책 읽기, 글쓰기)

공황장애가 온 이후로 나만의 취미 활동이 늘었다. 처음부터 즐거웠던 건 아니다. 몸이 안 좋아서 컨디션 회복을 위해 노력했고 그 노력들이 즐길 수 있는 취미 활동이 되었다. 여기서 몇 가지 취미를 소개해 본다.

종이접기

공황장애 약 적응기에 온몸이 떨렸다. 지팡이를 짚고 다녔다. 가까운 피트니스 센터에 가서 가벼운 운동을 하려고 노력했으나 의지와 달리 몸이 부담스러움을 느끼고 제멋대로였다. 아령은커녕 500㎖ 생수 한 통도 들고 다니기 버거웠다. 떨리는 손을 바로잡고 손아귀 힘을 얻기 위해 무슨 노력을 할 수 있을까 생각해 보았다. 그때 떠오른 것이 종이접기다. 처음에는 소근육 활동이 어려워서 색종이 큰 것을 사 거북이를 접었다. 점점 익숙해지면서 좀 더 크게 나온 색종이로 거북이를 접었다. 거북이가 장수를 의미한다는데, 오래 사는 것은 모르겠고 사는 동안 건강하게 지내는 것은 노력하면 되지 않을까… 그런 바람을 안고 정성스레 거북이를 접었다. '거북이 천 마리를 접으면 공황이 나을 거야'라는 마음으로 접기 시작했고, 2~3개월 거북이 접기를 계속하다 보니 어느새 1,500마리를 접었다. 종이접기라는 단순한 행동을 나는 재활 운동의 개념으로 보았다. 그래서 더 열심히 종이접기를 했다.

그러다가 거북이를 그만 접어도 되겠다는 시점이 왔다. 몸의 떨림과 손 떨림이 모두 멈춘 것이다. 손이 떨려서 글씨 쓰기를 포기한 지 3개월이 넘은 시점이었다. 다시 내 이름 석 자를 쓰기 시작했다. '최은주'를 썼다. 떨림이 없었다. 눈물을 흘렸고, 떨림이 사라지자 읽고 싶던 책을 읽고 글도 쓸 수 있었다. 1,500마리의 거북이를 보관하고 싶지는 않았다. 한 장 한 장 접을 때마다 너무 아팠던 기억들이 떠오르는 것만 같아서…. 손 떨림이 완전히 멈춘 날, 그것을 모두 갖다 버렸다.

퀼트

공황장애 4년 차, 손 떨림이 멈추고 조금씩 집중력 향상에 도움이 되는 것을 찾았다. 종이접기를 통해서 소근육 활동을 많이 했지만 손을 꾸준히 쓰는 게 좋을 것 같아서 이것저것 찾아봤고, 그때 눈에 들어온 게 퀼트였다. 퀼트? 바느질과 비슷한 것 같기는 한데 개념도 몰랐고 어릴 때부터 똥손이라서 엄두가 나지 않았다. 또다시 재활훈련의 하나라고 생각하고 동네에 배울 수 있는 곳이 있다면 주저하지 않고 도전하기로 했다. 상반기 프로그램 신청을 하고 매주 화요일 오전 9시 30분, 나 홀로 양평행 버스를 타고 센터에 찾아갔다. 물론 처음 몇 번은 아버지 차를 타거나 아버지와 버스를 타고 동행하며 할 수 있다는 마음을 다잡았다.

퀼트 기본반에 들면서 핀 쿠션, 피크닉 가방, 지갑, 양인형, 러시아 새 등을 만드는 법을 배웠다. 그리고 공예와 관련된 인터넷 사이트에 가입해 부엉이, 크리스마스트리, 파우치, 선글라스 케이스 만드는 법을 배웠다. 도안을 보는 데 점차 익숙해지자 퀼트 관련 책을 빌려보고 곧잘 소품을 만들게 됐다. 스스로 무언가 만들어내는 게 신기했고 잘 만들어진 것을 주변 사람에게 선물로 주는 것도 재밌었다. 아쉬운 점은 돈이 많이 든다는 거다. 퀼트 재료는 원단뿐만 아니라 부자재, 도안 값까지 들어가는 게 한두 푼이 아니었다. 왜 하필이면 이렇게 비싼 값을 주고 배우는 취미를 가지게 되었을까. 처음에 목표했던 것처럼 손의 근육을 강화하고 집중력 향상에 도움이 되었다면 다 이룬 것이리라. 더 큰 욕심을 내지 않기로 하고 퀼트 재료를 마구 사들이는 걸 멈추게 되었다. 퀼트의 감각이 어느 정도 익숙해졌고, 이제 배운 것을 응용해서 내 것으로 만들 차례다. 퀼트와 관련하여 다양한 사람들을 만나며 굳이 값나가는 재료를 구입하지 않아도 충분히 취미 생활을 할 수 있음을 알았다. 어느 정도의 돈과 시간, 노력을 들여서 익히게 된 취미. 돈으로 살 수 없는 많을 것을 알게 되었다.

책 읽기

예전부터 책 읽는 걸 즐겨 했다. 공황장애와 함께 조울증이 심했을 땐 책을 읽을 마음의 여유가 없었다. 그러다가 공황장애가 치유되었으면 하는 바람이 커서 불안, 공황과 관련된 카테고리의 책들을 수없이 사서 읽었다. 손 떨림, 몸 떨림이 심했을 때는 책을 들고 있을 수도 없어서 그마저도 읽지 못하다가 떨림이 덜했을 때 다시 책을 집어 들기 시작했다. 1일 1독은 어려웠지만 2~3일에 1독이 가능할 만큼 책을 좋아했다. 사 둔 책을 둘 곳이 없어서 주변 사람에게 나눔했다. 또한 책으로 나눌 수 있는 많은 것들을 확장시키며 즐거움을 느꼈다. 개인적으로 읽은 수많은 책 중에서 공황장애와 조울을 가지고 있는 내게 도움이 되었던 책 몇 권을 소개한다. 이는 지극히 개인적인 의견이다. 나처럼 공황장애를 가지고 있는 분들에게 조금이나마 도움이 되기를 바라며.

[도움받은 책들]

① 『죽음의 수용소에서』

이 책은 정신과 폐쇄 병동에 입원해 있을 때 같이 입원해 있던 환자분에게 담당의가 읽어 보라고 권해 준 책이다. 그때 이 책을 권한 의사 선생님의 뜻이 궁금해서 나도 퇴원하면 꼭 읽어야지 했다.

저자는 실제로 아우슈비츠 수용소에 끌려갔던 이 중 한 명이다. 이유도 모르고, 남녀불문하고 아우슈비츠 수용소에 끌려간다. 그때부터 몇 가지 선택이 주어진

다. 하나는 죽음이고, 하나는 살아서 노동하는 것이다. 그 안의 또 다른 지배자였던 카포의 선택에 따라 노동할 수 없는 자는 굴뚝이 있는 어느 곳에 수용되어 연기로 피어오르고, 노동 능력이 있는 자는 끊임없이 학대 속에서 일해야 했다.

"인간의 정신 상태와 육체의 면역력이 얼마나 밀접한 연관을 가지는지 아는 사람은 희망과 용기의 갑작스러운 상실이 얼마나 치명적인 결과를 초래하는지 이해할 것이다."

전쟁이 끝날 것 같다는 희망을 품었지만 긴 시간에 지쳐 절망하는 사람들은 죽음을 맞게 된다. 전쟁 속에서도 한 송이 꽃이 얼마나 위대한가를 알게 해 주는 대목이다. 그 한 송이 꽃을 보며 우리는 희망을 품어야 한다.

책 속에서 인상 깊었던 대목은 여기다.

"우울증이 모두 다 삶이 무의미하다는 생각에서 비롯된 것도 아니고, 또 자살이 항상 실존적 공허감 때문에 일어나는 것도 아니다. 하지만 모든 자살행위가 무의미하다는 생각에서 비롯된 것이 아니라고 할지라도 만약 그가 살아갈 만한 가치가 있는 어떤 의미와 목적

을 알았다면 자기 생명을 빼앗으려는 충동을 극복할
수 있었을 것이다."

살아갈 가치와 의미를 찾으라는 뜻에서 그 의사는
환자에게 이 책을 권한 것이 아닐까? 지금 상황보다 더
한 상황도 있으니 털고 일어나 버티라고 말이다. 나는
과연 살아갈 만한 의미를 찾았을까.

수용소에서 힘겹게 나온 프랭클에겐 그 후를 살아가
는 것 또한 얼마나 힘들었을까. 대단한 용기가 필요했
을 테고 트라우마를 어떻게 극복했을지 궁금하다. 그
또한 안고 살아가는 거겠지. 다 털어 버리고 살아갈 수
없고, 어떤 짐은 수용하고 살아가야 하는 삶들이 있다.
내게 있는 조울과 공황장애도 마찬가지다. 공황을 극
복하고 견디어 이겨내고 싶지만, 어쩌면 평생을 공황
과 함께 살아가야 할 수도 있다. 그래서 지금 삶이 내겐
연습이다. 어렵게 만들어낸 이 연습의 시간을 잘 지내
보고 싶다. 그러기 위해선 삶의 의미를 찾기 위한 노력
을 지속해야겠지. 이 책을 통해 내 마음속 우울에 대해,
그리고 예전 자학했던 행위와 마주하는 시간을 가졌
다. 회피가 아닌 직면이 필요한 시간을.

② 『미움받을 용기』

알프레드 아들러의 심리학을 기본 바탕으로, 청년과
철학자의 대화 형식으로 전개되는 책이다.

"행복해지려면 미움받을 용기도 있어야 하네, 그런
용기가 생겼을 때 자네의 인간관계는 한순간에 달라질
걸세."

미움받지 않으려고 내가 했던 행동들보다 미움받아
도 괜찮으니까 내가 하고 싶은 순간을 살았을 때 얻을
수 있는 감정들을 표현하고 있다. 이 책을 통해, 조금은
자유로울 수 있는 용기를 얻었다.

③ 『아무것도 할 수 있는』

이 책의 목차는 '우울증이란/우울과 함께한 기분과
생각들/나의 우울증의 증상과 치료/나를 지탱하게 해
준 것들/내 사람들과 나의 우울증/좋았던 말과 싫었던
말/전하고 싶었던 말' 등 7장의 테마로 되어 있다. 1장
을 읽을 때 마음이 조금 불편했으나 이내 편해졌다. 그
의 삶이 나와 다르지 않았다. 아니, 그곳에 내가 있었다.

"나는 내 기분이 안 좋으면 내 안 좋은 기분이 너를 더 안 좋게 할까 봐, 내가 기분이 좋으면 넌 기분이 안 좋은데 나는 기분이 좋아서 네가 서운할까 봐, 내가 피곤할 때는 혹시라도 나도 모르게 너를 다치게 하는 말을 할까 봐, 내가 에너지가 넘칠 때는 너를 지치게 만들까 봐, 너와 함께하는 시간이 부담스러워졌고 그래서 너를 조금 멀리했던 것 같다."

우울을 가지고 있는 친구의 친구가 쓴 글이다. 나도 이 부분을 잊고 있었다. 내가 우울을 가지고 있다는 것은 인정하지만 내 친구들은 나를 어떻게 생각할지 몰랐다. 그러나 내 친구가 되기 위해 당신들 또한 이런 고민을 할 수밖에 없었겠다는 생각에 미안해지기도 했다. 그것을 다 감안하고도 만나는 게 진정한 친구 아닐까.

"아무런 도움이 되지 않는다고 느낀 것들이 어쩌면 의미가 있을지도 모르겠다고 생각하게 되었다."

나도 내 안에 얼마나 어마무시한 긍정의 힘이 자리하고 있을지 모르는 것이다. 그것을 다른 감정과 동일시하여 잠식시켰을 뿐 알아봐 주지 못한 나에게 미안하다. 이 책이 나오기까지 우울을 가지고 있는 여러 사람이 인터뷰를 통해 솔직하게 자신을 털어놔 주어서 고마웠다. 덕분에 나도 혼자가 아님을 느끼고 조금 더 나를 용서할 수 있었다.

그 후에 정혜신 선생님이 쓴 『당신이 옳다』라는 책을 보면서도 느낀 바가 많았다. 내 생각이 그릇된 것이 아니라는 따뜻한 공감을 받았다. 그림책 중에서는 『리디아의 정원』, 『나 꽃으로 태어났어』, 『나는 기다립니다』 같은 책이 도움이 되었다. 글을 읽는 게 버거울 때, 읽어도 이해하기 힘들 때 그림책 속 한마디와 한 장면이 내게 뭉클하게 다가온 적이 많다.

긍정적 사고

공황을 겪으면서 내가 했던 우려의 상황은 80% 넘게 일어나지 않았다. 괜히 상황을 더 악화시켜서 생각하지 말라는 뜻이다. 예기 불안이 올 수도 있고, 공황발작이 올 수도 있다. 당연히 공황장애 환자니까 올 수 있는 증상들이다. '혹시 재앙적인 상황이 일어나지 않을까?' '비행기가 갑자기 하늘에서 떨어지지는 않을까?' '대교가 무너지는 게 아닐까?' '빌딩이 붕괴되는 것 아닐까?' 같은 우려가 드는 것도 어쩔 수 없다. 현실에서 그런 일들이 일어나기 때문에 더 두렵고 겁나는 것이다. 나라고 피해자가 되지 않으리라는 법은 없다. 가만히 있으라고 해서 가만히 있었는데, 지시에 따라 대처해도 일이 터진다. 그래서 이 사회에 사는 게 더 겁난다. 불안을 가속시키는 사회에 살고 있다.

『이 도시에 불안하지 않은 사람은 없다』라는 책이 있다. 나만 불안한게 아니라 다른 모든 사람도 불안하게 살고 있다는 것을 증명해 주는 책이다.

생각을 조금 바꾸는 것이 필요하다. 우리가 생각을 바꾼다는 것은 우리의 감정과 신체 반응, 행동을 조절할 수 있게 힘을 키우는 것을 의미한다. 상황은 해석하기 나름이다. 왜곡하지 말고 침착하고 긍정적으로 사고하는 것이 필요하다.

『말과 마음 사이』라는 책에선 우리의 언어를 '냉장고 말' '보일러 말'이라고 표현하여 접근하는 점이 새로웠다. 냉장고는 차가운 말, 보일러는 따뜻한 말을 의미하는데, 따뜻한 보일러 같은 말을 주고받을 필요가 있다. 긍정적인 사고도 필요하다. 긍정적으로 생각할수록 공황에 접근하는 내 태도에도 변화가 생긴다. 우리는 공황장애가 있다는 말로, 이미 너무 많은 냉장고 같은 말들로 상처받지 않았는가. 같이 변하고 싶다.

4장

앞으로의 과제

밸런스와 타이밍

20대 시절, 취업 준비를 할 때 가상 면접에 따른 적절한 대답을 찾고 입에서 자연스럽게 나오도록 연습했다. 단골 멘트는 선택과 집중, 그리고 업무의 우선순위를 정해서 작업을 하겠다고 했다. 직장과 가정에 관한 질문에 항상 직장을 우선시한다고 답했고 그게 20대 나에게는 최선이었다.

30대에 직장 생활도 하고, 공황장애도 오고 나서 가장 많이 듣는 말은 밸런스와 타이밍이다. 두 가지 선택지가 있을 때 꼭 하나를 선택하고 포기하는 것이 아니라 균형에 맞춰 살아가는 것, 그게 중요하다는 걸 알게 되었다.

한번은 내 의지에 따라 몇 개월간 비건을 실천한 적 있다. 그런데 몸이 너무 힘들었고 피부에 문제가 생겼다. 피부과에 갔더니 의사는 유수분 밸런스가 깨졌다고 말했다. 커피 하나를 마실 때도 밸런스가 맛을 좌우

하는데…, 내가 맞추어야 할 것은 정신적 건강과 신체적 건강의 균형이다.

그리고 또 자주 듣는 말이 타이밍이다. 무언가 준비하지 않고 도전하지 않는다면 때가 오거나 기회가 와도 놓칠 수밖에 없다고 했다. 위기는 기회가 되고, 공황에 맞서서 직면하려고 했을 때 누군가 도와주는 손길들이 다가온다. 그러니 밸런스를 맞추며 건강하게 흔들리고, 건강하게 웃고 싶다.

매일의 미션 수행

산책하기, 청소하기, 책 읽기, 지하철 타고 책방 다녀오기, 글쓰기, SNS 관리하기 등 모두 매일매일 나만의 미션이다. 병원 가는 날은 병원 갔다가 오기까지의 모든 과정, 요리하는 것도 반찬이 만들어지기까지의 과정 등등 미션에 성공하고 나면 성취감이 크다.

나는 매일 내게 미션을 주고 그것을 해내려고 노력하는 모습이 값지다. 물론 미션이 모두 성공하는 것은 아니다. 성공보다 값진 도전도 있음을 매일 느끼며 살아간다.

지속적으로 먹고사는 일상

9시에 출근하고 6시에 퇴근하는 삶이 지금의 나에게 맞지 않음을 알았다. 하루 네 시간 직장 생활을 해 봤고 힘에 부치는 것을 자주 느꼈다.

그동안 만난 다양한 사람들 중에 직장에 다니지 않고도 지속적으로 먹고사는 분들을 보았다. 혼자서 적정량의 노동을 하고 지속적으로 돈을 번다면 사람들과 편하게 만나고 살아갈 수 있을 것이다. 내가 좋아하는 작업을 하고, 돈은 적게 벌어도 오래 할 수 있는 무엇인가를 찾는 중이다.

또다시 시작된 일상에 힘겹기도 하지만, 적응하고 받아들이고 있다. 처음 누군가와 속도를 맞춰 걷는 순간처럼, 지금의 내 속도에 맞게 다시 걸어간다.

체중 감량

적게 먹으면 기운 빠질까 봐 많이 먹었다.

정신과 약을 먹느라 몸이 힘들까 봐 잘 챙겨 먹었다.

혼자서 아프면 속상하니까 혼자일 때 더 열심히 먹었다.

분명 공황장애 초반에는 움직일 기운도 없어서 이러한 문장이 맞았지만, 지금은 다르다. 봄이면 미세먼지, 여름이면 더워서, 가을이면 가을 타서, 겨울이면 추워서. 지금은 코로나 때문에. 체중을 감량하지 못하는 이유는 계절별, 월별, 일별로 얼마든지 다른 핑계를 댈 수 있다.

확실한 건 공황이 온 이후 체중 감량을 시도하면 몸이 바로 거부반응을 보인다는 것. 몸과 마음에 적색 경보가 울리면서 며칠을 앓아눕는다. 참 신기한 몸이다. 체중이 불어날 때는 몸에서 별 반응이 없더니 감량 시도만 하면 어째서 몸이 아픈 건지, 알다가도 모르겠다.

공황을 직면하기 위해 했던 어떤 활동은 재미난 취미 생활이 되었듯이, 운동도 경험과 성취감을 통해 재미난 취미로 거듭나기를 바란다.

공황장애 9년 차, 올해의 목표는 자전거 타기이다. 자전거는 누군가에게 취미이지만, 나에게는 이동 수단의 하나다. 전철과 버스로 가지 않고, 자전거를 타고 이동 반경을 넓히고 싶다. 성인용 자전거에도 보조 바퀴가 있으면 좋겠다. 나처럼 다시 시작하는 사람들을 위해.

건강하게 먹고 덜 찌는 삶을 위하여.

어떤 증상이 왔을 때 그게 공황인지, 살 때문인지 헷갈리지 않는 삶을 위하여 가 보자.

사람

오랜 시간 사람과 떨어져 자연에 기대어 살았다. 그게 편했고 필요한 삶이었다. 다시 홀로 일어서는 법을 배우고 나니 같이 걸어갈 사람들이 그립다. 현재 살고 있는 마을의 이웃들은 내게 공황장애가 있음을 안 이후에 만나게 된 이들이다. 적당한 선을 지키며 산다. 글쓰기를 통해서, 책을 통해서, 그리고 우리 마을에서, 이시대를 살아가는 한 사람으로서 사람들을 만나고, 이야기를 듣고, 함께 지내고 싶다. 많이 그리웠다.

또다시 누군가와 약속을 잡고 다양한 기회가 생겼을 때 공황으로 인해 무너지면 어떻게 하지? 또다시 지키지 못할 약속을 하는 것이면 어쩌지? 만나고 싶고, 만나기 싫고 늘 양가감정이 존재하지만 조금 더 다가가 보려고 한다.

덤벼라, 세상아! 공황장애야!

공황장애라는 병을 진단받았을 때 스스로 무너져 내렸다. 정신과 약을 먹는 것도 쉽지 않았고 나 자신이 이렇게 나약한 사람이었나, 왜 이런 병에 걸린 것인지 나 자신이 원망스러웠다. 내 잘못이 아니라고 굳게 타이르며 수많은 불안과 발작 안에서 싸웠다. 그까짓 병이 사람을 이길 수는 없다고 봤다. 병에 지는 사람이 되지 않으려고 애썼다. 그러다 보니 이런 책까지 내게 되었다.

공황장애로 인해 마음이 다치지 않았으면 좋겠다. 닫히지도 않았으면 좋겠다. 살면서 겪게 될 큰일을 일찍 겪고 있는 거라고 생각해 보자. 그래서 남들보다 더 빨리 겪고 감당할 수 있을 때 온 것이라고 생각하자. 건강한 사람에게 공황이 온다고 생각한다. 결국엔 버티어 이겨낼 수 있는 사람에게만 공황이 온다고 생각한다(이 정도면 정신 승리).

우리는 이겨낼 수 있는 사람들이다. 오면 또 오는가 보구나. 가면 가는가 보구나. 세월아 네월아~ 공황을 보내 보자. 공황이 또 오려고 하나?

"덤벼라, 세상아! 아니, 덤벼라 공황아!" 같이 싸워 보자. 준비됐다.

공황장애와 살면서 고구마 백 개 먹은 기분이지만, 백 명의 사람과 하나씩 고구마를 나누어 먹으면 또 어떤 기분인지, 다정한 인사말을 전한다.

짱친 지세이, 사랑둥이 다빈, 동네 친구 재아. 오늘 서로의 걸음에 맞추어 함께하는 사람들. 두물머리에서 만난 지금의 인연이 소중하고 감사합니다. 그러니 부디 과거에만 머물지 않기를.

오늘 내게 주어진 햇살, 바람, 아이스바닐라라테, 만나는 사람들, 그 온기, 목소리에 감사합니다. 충분해, 괜찮아.

고구마 백 개 먹은 기분

2023년 3월 29일 1판 1쇄 펴냄

지은이   최은주
펴낸이   김성규
편집   김안녕 한도연 정은진
디자인   신아영
펴낸곳   걷는사람
주소   서울특별시 마포구 월드컵로 16길 51 서교자이빌 304호
전화   02 323 2602
팩스   02 323 2603
등록   2016년 11월 18일 제25100-2016-000083호
ISBN   979-11-92333-70-0

979-11-89128-13-5 [04800] 세트